HEURIA
provoca tempestades

CARE SANTOS

Ilustraciones: Germán Tejerina y Daniel Muñoz

DESTINO INFANTIL & JUVENIL, 2008
infoinfantilyjuvenil@planeta.es
www.planetadelibrosinfantilyjuvenil.com
Editado por Editorial Planeta, S. A.

© del texto: Care Santos, 2008
www.caresantos.com
© de las ilustraciones: Germán Tejerina y Daniel Muñoz, 2008
© Editorial Planeta, S. A., 2008
Avda. Diagonal, 662-664. 08034 Barcelona
Diseño de cubierta: Aurora Gómez. Departamento
   de Diseño de Editorial Planeta
Fotocomposición: Zero preimpresión, S. L.
Primera edición: mayo de 2008
Tercera impresión: febrero de 2011
ISBN: 978-84-08-07812-8
Depósito legal: M. 1.890-2011
Impreso por Huertas Industrias Gráficas, S. A.

Impreso en España - Printed in Spain

No se permite la reproducción total o parcial de este libro ni su incorporación a un sistema informático, ni su transmisión en cualquier forma o por cualquier medio, sea éste electrónico, mecánico, por fotocopia, por grabación u otros métodos, sin el permiso previo y por escrito de los titulares del *copyright*. La infracción de los derechos mencionados puede ser constitutiva de delito contra la propiedad intelectual (Arts. 270 y siguientes del Código Penal).
Diríjase a CEDRO (Centro Español de Derechos Reprográficos) si necesita fotocopiar o escanear algún fragmento de esta obra. Puede contactar con CEDRO a través de la web www.conlicencia.com o por teléfono en el 91 702 19 70 / 93 272 04 47.

Índice

Preámbulo 9
1. No te pongas nervioso cuando llegue un nuevo mago 13
2. La increíble actuación del mago y su ayudante 27
3. Criaturas que aparecen y desaparecen en la oscuridad 43
4. Un dragón feo y hambriento entre los arbustos 59
5. Tormentas, preguntas y un buen trato para un día perfecto 75
6. Nada por aquí... Heuria por allá 89
7. Los detectives enamorados no llevan gabardina 101
8. Un viaje (forzoso) lleno de sorpresas (no todas desagradables) 119

9. El Círculo de las Doce Puertas......... 133
10. La mejor fuga de la mejor maga
    del mundo 151
11. El cinco es a veces un número
    invisible 165
12. El juego de las preguntas
    y las respuestas 175

Preámbulo

Desde el origen de los tiempos hay una cifra mágica que nos gobierna en silencio: el 12.

I. 12 veces al año recorre la Luna su camino interminable alrededor de nuestros sueños, y cada uno de esos períodos recibe un nombre diferente.

II. 12 horas de luz brillante dan lugar al día. Otras 12 transcurren en la oscuridad, inventando la noche. La plenitud siempre es el 12: la medianoche, el mediodía.

III. Las 12 de la noche es la puerta misteriosa que conduce a otro tiempo.

IV. 12 estrellas rigen nuestros destinos: Aldebarán, Antares, Régulus, Cástor, Pólux...; cada una de ellas representada por un símbolo: el toro, el escorpión, el león, los gemelos...

V. 12 seres mágicos habitan el cielo: el unicornio, el dragón, el hipogrifo, el basilisco, el cerbero, la hidra, el grifo, el kraken, la manticora, la quimera, la tarasca, el fénix y la sirena. (Si alguno cuenta 13, deberá demostrar cuál de ellos finge ser lo que no fue jamás.) De tarde en tarde, por cierto, todos ellos salen a pasear por la faz de la Tierra. O tal vez siempre han habitado aquí, pero sólo los elegidos saben reconocerlos.

VI. 12 tribus o linajes dicen que dieron origen a todos los pueblos conocidos.

VII. Los lugares guardados detrás de 12 puertas, cada una de ellas cerrada con 12 llaves, esconden secretos mágicos incluso para quien no sepa verlos.

VIII. Los dados que gobiernan los destinos de todo lo que vive tienen 12 caras.

IX. 12 son las verdades que esconde el mundo a sus moradores. Y 12 las pruebas que habrán de superar en su camino hacia la sabiduría.

X. 12 opiniones sabias y justas nos libran de cualquier error. Por eso, 12 personas justas y sabias son el consejo que cualquier gobernante necesita. El trabajo en equipo lleva el signo del 12, pero a veces también puede conducir al sacrificio, el dolor o el miedo...

XI. Todo lo que hay sobre la faz de la Tierra

se encuentra en 12 libros esenciales. Todo está en sus páginas.

XII. 12 veces cada 12 años, 12 serán los elegidos, aunque deberán aprender el camino de la sabiduría. Del mismo modo, tampoco jamás faltó entre ellos un desleal, un traidor. Por eso el 13 siempre ha sido el peor augurio, el innombrable, la cifra de la peor suerte, del olvido y la muerte. Si has tenido la desdicha de caer en él, sáltalo y olvídalo tan rápido como puedas.

Ésta es la historia de los 12. Habitan mundos como el tuyo, o como el mío, pero si te cruzaras con cualquiera de ellos no serías capaz de reconocerlo. Los escasos privilegiados que logran conocer sus secretos los llaman por su nombre más antiguo, aquel por el que fueron, son y serán conocidos desde el inicio de los tiempos: ARCANUS.

1
No te pongas nervioso cuando llegue un nuevo mago

—Que os quede claro: ¡yo no puedo soportar a los chicos!

Ésta fue una de las primeras frases que pronunció Heuria, la hija de Ari de Hameln, el nuevo mago, nada más llegar al Gran Circo Alfa. Iba dirigida a Wiktor, a Maddox y al pequeñajo de Ekki —que sólo tenía ocho años—, los cuales habían salido a la puerta del circo para ver llegar la caravana del padre de Heuria. No todos los días llegaba un artista nuevo directamente del Circo Universal, ni traía su propia caravana, ni ésta era tan bonita como la del nuevo mago: era antigua y enorme, y por fuera estaba pintada con imágenes que representaban a ilusionistas famosos.

—Perteneció al gran Houdini —le explicaba Ari de Hameln a Vlady, el gerente del circo, que también había salido a la calle para ver las maniobras.

Pero lo que de ningún modo pasaba todos los

días era que, además de un nuevo mago y de una caravana antigua, llegara al circo una chica tan guapa como Heuria. Al ver sus ojos verdes de gata, su pelo dorado recogido en dos trenzas, las pecas que adornaban su nariz y la blanquísima piel de sus mejillas, ninguno de los tres amigos acababa de creerse que aquello estuviera ocurriendo de verdad.

—¿Qué hacéis levantados tan temprano, chicos? —les preguntó Minerva, la maestra del circo.

—Estamos viendo la caravana del nuevo mago.

A Minerva le bastó una ojeada para darse cuenta del modo en que los tres amigos miraban a Heuria.

—Ya. Seguro que es la más bonita que habéis visto nunca, ¿no? Me refiero a la caravana, claro.

Los tres chicos le dieron la razón.

—Y Heuria, la hija del mago, tampoco está mal, ¿verdad? —continuó Minerva.

—¿Heuria? Ni siquiera me había dado cuenta —dijo Maddox.

—La verdad es que yo tampoco. Ni la había visto —afirmó Wiktor.

—Yo soy demasiado pequeño para pensar en chicas —añadió Ekki.

Minerva sonrió y no quiso discutir con ellos, porque sabía que estos asuntos no eran los más apropiados para una conversación en plena calle. Pero no pudo evitar pensar para sus adentros: «Preveo que ésta va a ser una temporada movidita».

El que no paraba de moverse era Sherlock Quick, el director del Gran Circo Alfa. La llegada de la caravana del nuevo mago le había obligado a levantarse más temprano para organizarlo todo. Primero, había buscado un lugar donde la caravana pudiera estacionarse. Luego, había dirigido la maniobra para que no hubiera contratiempos. Le habían dicho que el mago que acababa de contratar era tan bueno como quisquilloso y que tenía tanto talento como mal carácter; ése era uno de los motivos por los cuales Sherlock Quick andaba aquella mañana con pies de plomo. Deseaba que todo saliera bien, y estaba tan nervioso que no podía parar ni un segundo de dar instrucciones de todo tipo:

—¡Quiten esas sogas de ahí! ¡Barran ese rincón! ¡Instalen estas luces!

Los operarios del circo iban tras él y atendían sus órdenes. El primero en hacerlo era Watio, el jefe de los electricistas. También les seguía Vlady, a quien le gustaba considerarse un ayudante en todas las áreas del circo, a pesar de que era uno de sus máximos responsables; el payaso corría arriba y abajo llevando destornilladores, pedazos de cable o sillas desfondadas.

A pesar de todo ello, como el director había temido, pronto comenzaron los problemas. El nuevo mago sólo tuvo que ver el espacio donde pensaban colocar su preciosa caravana para empezar a protestar:

—¡No me gusta! ¡No me gusta en absoluto ese rincón infecto! Apenas toca el sol, y no huele muy bien, que digamos... —dijo.

—Es uno de los mejores sitios —explicó Quick—, está en el centro de la plaza, cerca de la salida de artistas. Hay un lavabo ahí mismo, y el módulo-escuela también está cerca. Es el mejor espacio libre que tenemos.

—Me pregunto por qué está libre —murmuró Ari de Hameln.

—Es el lugar que ocupaba la caravana del malogrado Míster Wu Long, que murió recientemente.

Míster Wu Long había sido el mago del circo durante más de veinte años. Era un hombre humilde y sabio. Desgraciadamente, su sustituto no se le parecía mucho.

—¿Queeeeeeeeeeeé? ¿Nos está asignando el lugar de un muerto? —gritó indignado Ari de Hameln con su vozarrón, que parecía salir de dentro de su impresionante barriga—. ¿Cómo se atreve a tratarnos así?

Sherlock Quick sintió como si hubiera menguado una talla o dos.

—No creía que fuera a molestarle —dijo.

—¡Claro que me molesta! ¡Que paren inmediatamente! ¡Dé la orden de inmediato! ¡No vamos a vivir en el lugar que ha dejado un muerto!

—Bueno... —se resignó Quick—, veré lo que se puede hacer.

—En el Circo Universal teníamos el mejor sitio: había sol, agua corriente, tranquilidad... ¡Allí sí saben cómo tratar bien a un artista!

—Haré lo posible, señor Hameln. Déjeme ver...

Sherlock Quick, despeinado por el esfuerzo, paseaba su porte elegante de un lado a otro en busca de una solución a aquel embrollo. Ari de Hameln contemplaba la escena frunciendo los labios en una mueca de disgusto, mientras permanecía tieso como una vara junto a la puerta. Heuria se había sentado, resignada, a contemplar la escena desde la escalerilla de la caravana de Marta, la trapecista.

—¡Ése es el sitio que nos gusta! —oyó que exclamaba su padre, que tenía la manía de hablar siempre en plural, como si su hija tuviera que estar necesariamente de acuerdo con todo lo que él pensaba.

Ari de Hameln señalaba exactamente el lugar donde estaba sentada su hija. De la sorpresa —y también un poco de la vergüenza—, a Heuria se le abrieron los ojos como un par de soles. Y a Marta, que estaba preparando el desayuno como todos los días y lanzaba de vez en cuando miradas curiosas por la ventana, también se le desencajó la cara.

—¿Cómo dice, señor? —preguntó, atónita.

—¡Éste es el lugar que quiero! —repitió Ari de Hameln.

Sherlock Quick trató de ser diplomático en su respuesta:

—Verá, señor Hameln... —sonrió mostrando una enorme hilera de dientes muy blancos sólo para hacer tiempo, mientras se le ocurría algo que decir—, este lugar ya está asignado. Pertenece a nuestra trapecista desde que llegamos a Berlín. Y no me parece nada apropiado pedirle a Marta, que es una de las artistas más veteranas del circo, que deje su casa ahora. No quiero causarle ese trastorno, me entiende, ¿verdad?

Ari de Hameln sacó pecho y frunció el bigote.

—Le comprendo perfectamente, señor Quick. Prefiere usted trastornarme a mí. Quiero decir, a nosotros.

—¡No, no, no! —se apresuró a contestar el director del circo—. Es sólo que tengo la esperanza de encontrar una solución que nos satisfaga a todos. ¿Quiere que vayamos a aquella parte de allí, para ver si encontramos un lugar que sea de su agrado?

—Ya he encontrado un lugar que es de mi agrado. Y es éste —respondió el mago, terco, mientras señalaba de nuevo hacia la caravana de la trapecista.

—Como sea tan buen mago como cabezota, va a ser la sensación del nuevo espectáculo —le dijo Marta a Sherlock Quick, desde su ventana, con una sonrisa irónica dibujada en su boca.

El gerente del circo comenzaba a ponerse realmente nervioso.

—¿Quién es el cabezota, señora mía? —preguntó Ari de Hameln, cuya indignación iba en preocupante aumento, igual que su tono de voz.

—Un momento, un momento, un momento... —empezó a decir Sherlock Quick, mientras soltaba unas risitas ridículas—, por favor, que nadie se enfade.

—Va a ser difícil... —dijo Marta—, cuando este señor quiere echarme de mi casa.

—Puede usted llevarse su casa, señora. Lo único que quiero es el terreno, y creo que tengo derecho a elegir. ¡Soy la nueva estrella del espectáculo!

—¡No me haga reír! ¿La nueva qué? ¿Con esa tripa?

—¿Qué le pasa a mi tripa, señora mía?

—¡Que está más hinchada que un globo terráqueo, señor mío!

—Tampoco usted está delgada, precisamente. No entiendo cómo el trapecio soporta tanto peso.

—¿Me está llamando gorda? ¿A mí?

Sherlock Quick sudaba e intentaba hablarles a

los dos, pero era inútil: el nuevo mago y la trapecista estaban enzarzados en una discusión que subía de volumen por momentos, y que no llevaba muchas trazas de terminar pronto.

—¿Y usted qué trucos hace? ¿Rebota por toda la pista, como si fuera una pelota?

—¡No me falte al respeto, señora mía!

—¡El respeto hay que ganárselo, señor mío!

Ari de Hameln daba vueltas sobre sí mismo, mientras caminaba sin sentido. Heuria le miraba con cara de mortal aburrimiento, y la situación parecía causarle un enorme cansancio.

—Esto es... esto es... ¡esto es inaudito! ¡Si llego a saberlo no vengo! ¡En el Universal ya me habrían dado esta plaza, y sin necesidad de que yo la pidiera!

Marta parecía a punto de explotar. Rebufaba por la nariz, como si fuera un dragón a punto de escupir fuego. Pero en lugar de hacer esto, le espetó al mago:

—Entonces, caballero, ¡regrese usted al Universal! Aquí no le necesitamos para nada.

Acto seguido, cerró la puerta de su caravana en las narices de Ari de Hameln. Poca gente se habría atrevido a hacer algo así, ya que el mago tenía un aspecto imponente. Sólo por eso, Heuria pensó que Marta debía de ser una mujer realmente valiente.

Sherlock Quick comenzaba a estar desesperado.

—No, no, no, señor de Hameln, no queremos que regrese usted al Universal. Estamos realmente contentos de que haya aceptado la oferta del Gran Circo Alfa, y sólo deseamos lo mejor para usted y para su hija. Seguro que podemos encontrar una solución que nos agrade a t...

—¡La verdad, no se me ocurre cuál! —le interrumpió el mago—. ¡Me voy a dar una vuelta! —vociferó, mientras salía de allí con grandes zancadas.

Quick se volvió hacia Heuria y se encogió de hombros, en un gesto que parecía desesperado.

—No se preocupe. Se tranquilizará, y en un rato estará mucho más razonable.

—¿Y qué hacemos con la caravana?

La muchacha señaló hacia el otro extremo del patio. Allí había un lugar libre lo bastante amplio para que cupieran dos y hasta tres caravanas como la suya. Se encontraba al lado de una de las salidas de emergencia, un poco alejado del resto de módulos y carromatos.

—Yo la pondría allí —dijo.

—¿No está un poco lejos de todo? —le preguntó Sherlock Quick.

—Por eso —añadió la niña—, es un lugar perfecto.

A Sherlock Quick, las palabras de la joven ayudante del mago le parecieron las más sensatas que se habían pronunciado allí durante toda la mañana. Por eso decidió acatarlas, y en seguida dio las órdenes oportunas para que se ejecutaran.

Aquella mañana aún había de depararles más sorpresas. Cuando Wiktor, Maddox y Ekki entraron en clase, Minerva les tenía reservado algo muy especial: un recorte de periódico donde se hablaba de ellos. El titular decía:

Impresionante actuación en el Gran Circo Alfa

En el artículo, que Minerva leyó despacio para que todos lo entendieran bien, se hablaba del nuevo espectáculo. Todos los artistas merecían, según el crítico, palabras de alabanza, aunque había un número que resultaba especialmente impresionante. En este punto, aparecían los nombres de Maddox y Wiktor. El articulista hablaba de «la actuación más original que se ha visto jamás sobre una pista de circo» y también de «dos jóvenes y prometedores artistas que tienen el futuro asegurado y que son capaces de alcanzar cualquier carpa a la que se propongan llegar». Se refería a su número de acrobacias y malabarismos, con la aparición de fieras imposibles. También había una frase para ellas, lo cual demostraba que la función había sido todo un éxito: «De pronto aparecieron dos portentosos monstruos que dejaron al público con la boca abierta. Son tan realistas que más de uno creerá que está, de verdad, ante animales imaginarios», leyó Minerva.

Maddox y Wiktor sonrieron: ¡y eso que todavía no habían visto la hidra de Ekki! (De hecho, no la verían jamás, porque aquel animalito era de todo menos sociable). El problema de utilizar en un número a un hipogrifo y a una ave fénix era que el público podía asustarse si descubría que eran reales. En lograr esta sensación de irrealidad había tenido mucho que ver el pequeñajo, que era el ayudante del jefe de luces, y para el cual también había una mención elogiosa en la crítica: «Y todo eso apoyado por una iluminación tan sugerente que te envuelve en un aire de mágica irrealidad». El artículo terminaba con una invitación concreta, casi una orden: «Señoras y señores, por nada del mundo se pierdan el maravilloso espectáculo que el Gran Circo Alfa está ofreciendo en nuestra ciudad. Si no lo hacen, se arrepentirán cuando otros se lo cuenten».

—¡Caray! —sonrió Minerva—. ¡Habéis triunfado de verdad, chicos! ¡Ya sois unos consumados artistas de circo!

2
La increíble actuación del mago y su ayudante

Ari de Hameln no consiguió el mejor sitio en el patio de viviendas del circo, pero sí el mejor lugar en la representación. Como correspondía a las grandes estrellas, Ari de Hameln y su joven y preciosa ayudante, Heuria, se encargaron de clausurar las funciones diarias con su número desde el mismo día de su debut en el Alfa.

—No entiendo que acabe de llegar y ya esté actuando el último. Aún no ha demostrado lo que sabe hacer —protestaba Wiktor, que no era el único que pensaba así.

—Sherlock Quick tiene mucho interés en que se quede en el Alfa —explicaba Maddox, conciliador—, y la competencia con el Universal es terrible. Míralos, ahí están. Han venido a ver por qué nuestro espectáculo despierta tanto entusiasmo en los críticos de los diarios más importantes.

Wiktor echó un vistazo a la zona de butacas, en dirección hacia donde su amigo acababa de señalar. En la segunda fila se sentaban dos señores con el pelo muy brillante y peinado hacia atrás. Ambos eran morenos, llevaban gafas oscuras y parecían idénticos.

—Son gemelos. Los hermanos Falcones —explicó Maddox—. Son los directores del Universal. Su familia ha sido la propietaria del circo desde hace muchos años.

—¿Y qué hacen aquí?

—Han venido a espiarnos. —Maddox bajó la voz para darse más importancia antes de decir—: Son infiltrados.

En cierto modo, también ellos eran infiltrados. Normalmente, los dos amigos no solían quedarse entre bambalinas viendo las actuaciones del resto de sus compañeros. Entre otras cosas, porque las habían visto tantas veces que se las sabían de memoria. Pero aquel día era diferente, especial. Iba a tener lugar un importante debut en la pista central del Gran Circo Alfa.

La voz de Vlady lo anunció con toda solemnidad:

—A continuación, señoras y señores, el Gran Circo Alfa se enorgullece de presentar a su nueva estrella: llegado de los escenarios más prestigiosos, aclamado en América y Asia, el poderoso, el inconmensurable... ¡¡¡el increíble mago Ari de Haaaaaaameeeeeeeeeeeln!!!!

El público le dedicó un aplauso muy largo, y tan sólo los dos infiltrados del Circo Universal permanecieron impasibles, con las manos entrelazadas sobre el regazo, mientras apretaban los dientes.

Ari de Hameln salió a la pista caminando muy despacio. Iba pulcramente vestido con su chaqué y su sombrero de copa, se había cepillado la barba para la ocasión y en su frente se dibujaban unas pequeñas arrugas. Se notaba que estaba muy concentrado. Detrás de él iba Heuria, también muy seria, muy bien peinada y vestida con su chaqué amarillo y malva. Su porte elegante sólo se diferenciaba del de su padre en que ella llevaba zapatillas deportivas en lugar de botines. La chica sujetaba una mesita cubierta por una tela negra, que dejó en mitad del escenario. Luego se retiró un poco, hasta una zona que quedaba en penumbra, y dejó todo el protagonismo al verdadero artífice del número, es decir, a su padre. Resultaba impresionante verlos tan formales, como si lo que fueran a hacer resultara un asunto de enorme trascendencia para la humanidad.

La gente enmudeció y guardó un silencio respetuoso, parecido al que reina en las ocasiones solemnes. Ari de Hameln se detuvo en mitad de la pista, saludó con varias reverencias a los espectadores y puso las manos sobre su enorme panzota antes de hacer oír su imponente vozarrón:

—Señoras y señores, están ustedes a punto de presenciar un número que les dejará sin aliento.

Hizo una pausa. En efecto, la gente ya parecía comenzar a quedarse sin aire. Todos le escuchaban con enorme expectación, incluso Wiktor y Maddox, que le miraban desde detrás de la cortina.

—Les ofrecemos este número en primicia mundial, para celebrar nuestra llegada al Gran Circo Alfa —añadió el mago.

En este momento, Sherlock Quick comenzó a aplaudir con gran entusiasmo. No tardaron en sumarse los espectadores que estaban más cerca y en seguida lo hicieron todos los demás, incluso Wiktor y Maddox.

—Los aplausos son contagiosos —dijo este último.

Ari de Hameln cerró los ojos y levantó la cabeza para mostrar su disgusto, como si no quisiera que los aplausos interrumpieran su concentración. Cuando acabó la ovación, continuó hablando allí donde le habían interrumpido sin que en sus labios se dibujara ni siquiera una tímida sonrisa:

—Les ruego el más absoluto silencio para que mi ayudante, la joven Heuria de Hameln, logre concentrarse. Ella será la protagonista del número.

A Wiktor y a Maddox no les costó nada obedecer al mago y guardar un silencio cómplice. Heuria apareció entonces en la zona iluminada: su seguridad les impresionó aún más que su elegancia y su seriedad. La chica se movía por el escenario como si hubiera nacido en él, y aunque entonces los dos amigos aún no lo sabían, realmente había sido así. Pero en aquel momento todavía desconocían muchas, muchísimas cosas de su nueva colega.

—¡Ya estoy aquí, chicos! —exclamó Ekki, al llegar a su lado.

—Pensábamos que te lo ibas a perder —observó Wiktor.

—¿Yo? ¡Por nada del mundo! ¡Quiero ver cómo esa presumida hace el ridículo!

La rugiente voz de Ari de Hameln volvió a imponerse a los murmullos:

—Repito, señoras y señores, que necesitamos el más absoluto silencio. El más mínimo comentario puede perturbar nuestra concentración y poner en grave peligro la vida de mi ayudante. Les ruego su más entregada colaboración.

Dicho esto, el mago dio una orden y por la pista lateral del circo apareció un enorme tanque de agua, algo así como una piscina en miniatura, con unas paredes de cristal transparente. Parecía un vaso de agua gigante.

—¿Qué va a hacer? —susurró Ekki, con la boca abierta.

—¡Shhhhhhh! —siseó Wiktor—, ¡silencio!

Ari de Hameln pidió la colaboración de dos voluntarios. Los dos gemelos de gafas oscuras levantaron la mano, pero el mago hizo como si no les viera y eligió a otros dos: un joven de pelo ensortijado y una señora que había acudido a ver el espectáculo en compañía de sus cuatro hijos. Ni siquiera cuando salieron al escenario, muertos de vergüenza, permitió el mago que se rompiera el silencio con un aplauso.

—Les agradezco su colaboración —repitió, mientras llevaba de la mano a los dos voluntarios.

El mago sacó varios metros de cuerda de un maletín que reposaba sobre la mesita, antes de dirigirse a los voluntarios.

—¿Podrían comprobar que se trata de cuerdas normales y corrientes, por favor?

La mujer y el muchacho estudiaron detenidamente el material, y asintieron con la cabeza.

—Son normales —dijo ella.

—¿A usted también se lo parecen, joven? —requirió el mago la opinión del otro.

—Desde luego —repuso el chico de pelo ensortijado.

—Bien. Necesito su colaboración para atar con ellas a mi joven ayudante.

Wiktor y Maddox dejaron escapar un suspiro impresionado. Ekki no les imitó, pero tan sólo porque se había quedado de piedra.

—¿No pensará meterla en ese tanque de agua? —murmuró.

Comenzando por los tobillos y hasta más arriba de los antebrazos, los dos voluntarios ataron fuertemente a Heuria.

—Hagan cuantos nudos crean necesarios, por favor —les pidió el mago—, como si estuvieran atando un embutido. Pongamos por caso... una rica mortadela.

Ni siquiera al decir esto, que pareció un chiste, modificó el mago su expresión imperturbable. Mientras los dos desconocidos la inmovilizaban completamente, Heuria permanecía con los ojos cerrados. Detrás de la cortina, los chicos se preguntaban cómo podía estar tan tranquila.

—Y ahora... —el mago sacó un par de gruesas cadenas del maletín y se las entregó a los voluntarios—, les ruego que hagan lo mismo con estas cadenas, de modo que mi ayudante no pueda mover ni un músculo. Al finalizar, les agradeceré que sujeten las cadenas con este par de candados y que lancen las llaves al tanque de agua, por favor.

Los voluntarios cumplieron las órdenes que acababan de recibir. El chico del pelo ensortijado rodeó los tobillos de Heuria con varias vueltas de la gruesas cadenas, las sujetó con el candado y sacó las llaves. La mujer, en cambio, eligió la zona de la cintura, que también sujetaba parte de los brazos de la chica, para realizar la misma operación.

—¡Y ahora lancen las llaves al tanque! —ordenó el mago, como si le enojara que los voluntarios no actuaran lo bastante de prisa.

Ambos titubearon antes de hacerlo, y el mago tuvo que insistir.

—¡Vamos! ¡No tenemos todo el día! Ustedes querrán regresar a sus casas para preparar la cena, ¿no?

Nadie rió la broma del mago. Todo el mundo estaba demasiado impresionado para hacerlo.

Las llaves de los candados cayeron al tanque de agua con dos pequeños chapoteos. Todo el mundo pudo ver cómo se hundían en el líquido hasta posarse en la base del enorme recipiente. En ese mismo instante, dos poderosos ganchos sujetos a un par de cuerdas bajaron desde lo alto de la carpa. El mago aprovechó ese momento para despedir a los voluntarios y, una vez más, rogó al público el más absoluto silencio.

Los ganchos se detuvieron cerca de Heuria, y Ari de Hameln los sujetó a las cuerdas que rodeaban los hombros de su hija, antes de vendarle los ojos con un pañuelo negro que sacó de su bolsillo. Se volvió hacia el público, dio tres palmadas y las cuerdas se tensaron. Los pies de Heuria se elevaron sobre la pista y los técnicos empezaron a subir a la niña. Más y más arriba, hasta que quedó suspendida exactamente sobre el tanque de agua.

—¿No es un padre un poco raro el que le hace eso a su hija? —susurró Maddox, sin apartar la mirada ni por un momento del impresionante número que estaban contemplando.

Nadie le respondió, lo que no era de extrañar. La tensión entre el público era tal que habría podido masticarse.

El vozarrón del mago volvió a atronar:

—En primicia mundial para todos ustedes, damas y caballeros, espectadores del Gran Circo Alfa, a continuación la joven Heuria caerá en el tanque de agua. Les ruego que no se asusten, porque voy a liberarla sólo con el poder de mi mente en menos de doce segundos. Únicamente les pido que me ayuden a contar, en voz muy baja, y que procuren no hacer ruido. Si no me concentro lo suficiente, el resultado podría ser fatal, de modo que les pido que reserven todos sus aplausos para el final por el bien de mi ayudante, quien, por cierto, es también mi única hija.

Esta última revelación despertó una exclamación admirada de los asistentes al espectáculo. De todos, menos de los dos gemelos de la segunda fila, naturalmente.

El mago levantó la mano y dio la orden de arrojar a Heuria al agua. El cuerpo de la niña cayó como un fardo. Plofff. Sus trenzas se movieron en el agua como las antenas de un crustáceo, y a continuación, comenzó a sonar la música: un telón cubrió el tanque de agua y Ari de Hameln empezó a contar hasta doce, con la ayuda de los impresionados espectadores:

—Uno... dos... tres...

Por primera vez desde que estaban en el circo, los tres amigos se alegraron de ver un truco desde detrás de la cortina. Y es que, desde aquella posición, disfrutaban de una situación de privilegio, ya que podían contemplar lo que los espectadores no veían. Es decir: vieron cómo Heuria caía hasta el fondo del tanque, tanteaba el suelo hasta dar con los diminutos llavines que habían arrojado los voluntarios y se contorsionaba de un modo increíble para abrir el candado de sus tobillos. Fue todo tan rápido que incluso ellos pensaron que había algo de magia, de poder mental o de lo que fuera todo aquello.

—Cuatro... cinco... seis...

Luego observaron cómo los dedos de la niña tanteaban a toda velocidad el pedacito de cuerda que tenían más a mano hasta conseguir dar con un nudo, que deshizo con rapidez y habilidad. Sacó una mano, en busca del otro candado, pero no dio con él.

—Siete... ocho...

Pero halló otro nudo, que manipuló y deshizo. La cuerda quedó suelta de un extremo, y comenzó a librarse de ella, hasta poder sacar un brazo.

—Nueve...

Por fin dio con el candado. Tardó un segundo en introducir la llave y abrirlo, y la segunda cadena cayó al fondo.

—Diez...

Aún quedaban cuerdas, por lo que deshizo, utilizando como podía ambas manos, un par de nudos más, los más estratégicos. Agitó todo su cuerpo en rápidas convulsiones.

—Once...

Las cuerdas se aflojaron, Heuria nadó como un pez hasta la superficie y subió hasta arriba. Salió del tanque como una sirena que escapa de una prisión, antes de agarrarse a la cuerda que la había sujetado y deslizarse por ella.

—¡Y doce...!

El telón se levantó. El tanque estaba vacío, las cadenas reposaban en el fondo y las cuerdas flotaban en el agua revuelta. La joven ayudante del mago estaba junto a la cubeta, mientras respiraba con dificultad a causa del esfuerzo y mostraba una tímida sonrisa de orgullo dibujada en sus labios.

Los suspiros de alivio se mezclaron con las exclamaciones de admiración. La gente estaba realmente impresionada.

—Ahora sí solicito sus aplausos, damas y caballeros. Los que crean que merezcamos, claro —dijo Ari de Hameln, mientras doblaba la espalda en una reverencia tan formal como todo lo demás.

Wiktor, Ekki y Maddox aplaudieron con entusiasmo.

—¡Este tipo es realmente bueno! —dijo Wiktor, admirado.

El aplauso fue muy largo, de los más prolongados que se habían escuchado en el Gran Circo Alfa. Heuria saludó varias veces, antes de entrar para quitarse rápidamente la ropa empapada y volver a salir envuelta en un albornoz. Cuando miró hacia el público para saludar, se dio cuenta de que los dos gemelos de las gafas oscuras ya no estaban en sus asientos de la segunda fila, y pensó que se avecinaban problemas.

3
Criaturas que aparecen y desaparecen en la oscuridad

Los periódicos de Berlín hablaron durante días del impresionante número de Ari de Hameln. El *Berliner* decía que se trataba de «el mejor mago del mundo, incluso superior a sus precursores, los reconocidísimos Robert Houdin o Henry Houdini». El *Tageszeitung* destacaba «la valentía de la joven y guapa ayudante, que mostró una templanza y una serenidad difícil de encontrar en cualquier espectáculo de entretenimiento». El crítico del *Berliner Morgen Post* terminaba su artículo diciendo: «Compren su entrada hoy mismo o mañana se arrepentirán». Por último, el *Der Tageffpiegel* se atrevía a polemizar, al publicar lo siguiente: «El Circo Universal pierde a su mejor artista. Los hermanos Falcones aseguran que el Alfa se lo ha "robado" y que no descansarán hasta que se haga justicia».

Heuria arrugó la nariz nada más entrar en clase y ver a sus compañeros.

—¿Vosotros también estáis con esto? ¡Mi padre ya se sabe las críticas de memoria! ¡Está encantado! —protestó Heuria, al ver a sus compañeros tan enfrascados en la lectura de la prensa matutina.

—¿Has visto lo que dice aquí? —Maddox le mostró la página de *Der Tageffpiegel*.

—No, y la verdad es que no me importa —repuso Heuria, antes de sentarse tras una mesa y mover la cabeza de forma calculada para echarse las trenzas hacia atrás.

—Dice que el Alfa le ha robado su mejor artista al Universal.

—¿Eso dice? —saltó Heuria, recuperando el interés de pronto—. ¿Dónde?

Maddox le pasó el periódico y le señaló el párrafo donde acababa de leer aquella información, con la amenaza incluida. Heuria la leyó, a velocidad de vértigo, y frunció el ceño.

—No se puede robar lo que no es de nadie —sentenció, mientras devolvía el periódico a Maddox—. Y mi padre y yo, por supuesto, no somos propiedad del Universal.

Minerva parecía muy animada aquella mañana. Canturreaba una canción de moda y caminaba con gran decisión.

—¿Habéis visto las críticas, chicos?

—Siiiií... —contestaron al unísono los tres amigos, mientras Heuria permanecía callada.

—¿Tú también, Heuria?

—Más de lo que quisiera...

—Lo mejor de todo esto es que las entradas se están vendiendo como churros —añadió Minerva—. Todo el mundo quiere veros, Heuria. La ventas ya se habían disparado después de que los periódicos hablaran del número de Wiktor y Maddox, pero ahora nadie quiere perderse al mejor mago del mundo y a su joven ayudante. ¡Sherlock Quick está muy contento!

«Seguro que los hermanos Falcones no lo están tanto», pensó Maddox, sin poder evitarlo.

Minerva continuó con su euforia, que sólo parecía afectarla a ella.

—Y hoy, para celebrarlo, nos dedicaremos a las matemáticas —anunció.

Los tres amigos protestaron, como era de esperar. Sólo Heuria sonrió.

—¿Te gustan las matemáticas, cariño? —preguntó Minerva.

—No especialmente. Pero ya tocaba que hiciéramos algo útil, la verdad —dijo la ayudante del mago.

Y añadió—: Y te agradecería que no me llamaras «cariño». Mi nombre es Heuria de Hameln. Puedes llamarme De Hameln, no me importa, o Heuria, a secas.

—Muy bien. Lo tendré en cuenta —dijo Minerva, que de pronto había perdido su tono cantarín.

—¿Qué hay que hacer? —preguntó Heuria, mientras sacaba sus bolígrafos de colores de un impecable estuche.

A pesar de que ya lo suponían, todos se sorprendieron un poco al comprobar que Heuria era un genio en todo. No sólo iba muy adelantada en matemáticas, hablaba cuatro idiomas a la perfección, sabía música, física y química, era capaz de recitar de memoria todas las declinaciones del latín, de traducir del griego y de escribir versos perfectamente rimados como quien respira, sino que además era una buena compañera. Un poco pizpireta, eso sí, pero generosa y comprensiva. De lo contrario, aquella clase se habría convertido en un verdadero infierno.

Cuando todos se marcharon a almorzar, Heuria se acercó a Wiktor.

—He notado que tienes algunas dificultades con la lectura —le dijo.

Wiktor se puso colorado como un tomate.

—¿Por qué te da vergüenza? —le preguntó—. Nadie nace sabiendo leer. Minerva me ha explicado que de pequeño no te llevaron a la escuela.

Por un momento, Wiktor maldijo a Minerva por haber revelado sus secretos.

—Es verdad —contestó—, mi madre murió cuando yo era muy pequeño y mi padre era soldado. Casi nunca estaba en casa. Creo que ni siquiera pensó que yo tenía que estudiar.

—Mi madre también murió —contestó Heuria, que se había quedado pensativa. Sacudió la cabeza para quitarse la tristeza de encima como quien espanta una mosca y dijo:

»Si te apetece, puedo ayudarte.

—¿No tienes que ensayar con tu padre? —preguntó Wiktor.

—No, gracias. ¡Me sé el número de memoria! Y detesto perder el tiempo haciendo cosas que no sirven para nada. Podemos empezar hoy mismo.

—Bueno —dijo el chico, que no salía de su asombro—, ¿qué tal después de cenar?

—No, por la noche no —se apresuró a responder ella—. Mejor por la tarde, si no te importa.

En realidad no le era indiferente, porque la tarde era el momento que solía emplear para dar de comer a Karamazov, su hipogrifo, y para hacer el vago. No le gustaba bajar por la noche a los sótanos del circo porque le daba la impresión de que estaban llenos de monstruos. Desde que se había tropezado en aquellas galerías con los tenebrosos monjes negros, pasear por allí solo le imponía más respeto que antes. Aunque, por supuesto, no estaba dispuesto a confesarle nada de eso a Heuria. Así que únicamente le dijo:

—Muy bien. ¿Y qué quieres a cambio?

Heuria pensó un momento, y sus ojillos se iluminaron.

—Que me enseñes tu hipogrifo —dijo.

—¡Eso está hecho!

Wiktor estaba completamente seguro de que no eran imaginaciones suyas. Ahí abajo, en la parte de los sótanos que conectaba con el sistema de alcantarillado de la ciudad, se oían ruidos rarísimos. Ya hacía días que había percibido algo extraño, como un chapoteo gigante, que venía de los canales subterráneos. Tal vez debería haberse asomado para ver qué era, pero estaba demasiado asustado para hacerlo. No podía olvidar que precisamente allí había sido donde los monjes negros, los esbirros al servicio de Mahgul, *el Innombrable*, le habían capturado junto con Maddox no hacía tanto. Y si no hubiera sido por el pequeñajo de Ekki, ahora estaría en poder de su peor enemigo, el hombre sin escrúpulos que, sin saber por qué razón, odiaba a los Arcanus a muerte.

La última tarde, sin embargo, fue diferente. Recogió los siete kilos de carne cruda que le preparaba todos los días Nab, el cocinero, y se dirigió con ella al lugar donde estaba la jaula de su hipogrifo. Era un animal muy dormilón, excepto durante las horas en las que el hambre le acuciaba. Y las últimas horas de la tarde eran de esos momentos, especialmente los días en que había función. Y es que no hay nada que dé más hambre a un hipogrifo que dar cuatro o cinco vueltas volando bajo la carpa del Gran Circo Alfa.

Karamazov estaba terminando de devorar la última porción de carne —de cordero, su favorita—, cuando de pronto, Wiktor escuchó ruidos en la piscina. También Karamazov aguzó el oído y levantó la cabeza, lo que dejaba muy claro a su dueño que no habían sido imaginaciones suyas. Wiktor utilizó la bolsa, como hacía siempre, para limpiar la jaula de excrementos —ésta era la parte menos agradable de tener una mascota de ciento cuarenta y ocho kilos— y salió de allí sin perder de vista al bicho, al que podía controlar sólo con la mirada.

Cuando Karamazov ya estaba completamente dormido, volvió a oír aquel ruido. Era como un chapoteo. Sonaba tan fuerte que Wiktor pensó que sus amigos habían decidido darse un baño en la piscina cubierta. Se alegró: desde el día de los monjes negros no se habían atrevido a volver por allí. Si Ekki y Maddox estaban en la piscina, significaba que él era el único que continuaba asustado.

Emocionado, se dirigió hacia la piscina, aunque en seguida se dio cuenta de que estaba ocurriendo algo muy extraño. Las luces estaban apagadas, y la puerta batiente estaba cubierta de vaho, por lo que era imposible ver el interior sin entrar. Aún a riesgo de que algo saliera mal, Wiktor empujó ligeramente con mucho cuidado una de las hojas, lo suficiente para observar por una rendija el interior de la piscina.

Lo que vio se escapaba a toda lógica, y ni siquiera supo cómo interpretarlo. Una especie de tentáculo gigante sobresalía del agua. Era muy oscuro, casi negro, y estaba cubierto por infinidad de ventosas, como si fuera una de las patas de un pulpo inmenso.

Esto duró sólo un segundo, porque aquella monstruosa extremidad regresó en seguida al interior de la piscina, en medio de un chapoteo que sonó como si alguien se hubiera arrojado al agua. A continuación, se produjo una especie de ola que fue a romper contra uno de los bordes y dejó todo el suelo encharcado.

Wiktor cerró la puerta, y dio gracias de que, fuera lo que fuera aquello, no se hubiera percatado de su presencia.

Mientras subía hacia la zona de viviendas del circo, cargado con la pesada bolsa de los excrementos de Karamazov, pensó que sería mejor no contarle a nadie lo que acababa de ver.

Las clases de lectura comenzaron en seguida. Heuria, con la puntualidad de un reloj, se presentó en la sala de estudio llevando su impecable estuche repleto de bolígrafos de colores y un libro muy grande y grueso cuyas tapas estaban forradas de piel marrón.

—No te asustes. Practicaremos un poco con este viejo libro de mi padre —dijo—, pero antes... vamos a escribir un poco.

A Wiktor le costaba concentrarse. Heuria olía

bien, tenía un pelo suave —lo sabía porque de vez en cuando se le escapaba algún mechón que rozaba su cara—, sus gestos eran armónicos y su voz muy agradable. Todo eso sin contar que si le miraba a los ojos se ponía tan nervioso que ni siquiera le salían las palabras. Todas estas cosas eran pequeños misterios que rodeaban a la ayudante del mago, aunque el mayor de todos tenía que ver con él mismo: ¿cómo se las arreglaba Heuria para resultar una compañía tan agradable a pesar de provocarle unas sensaciones tan raras? Wiktor no tenía respuesta para eso. ¿Sería un truco de magia? ¿Y si la hija del gran Ari de Hameln había aprendido algún ardid de su padre?

—Tienes que mejorar tu caligrafía —le decía ella con un tono de voz dulce, como lo habría hecho una madre con su hijo pequeño.

Wiktor apretaba con fuerza el bolígrafo y sacaba un poco la lengua para ayudarse, mientras trazaba de nuevo la palabra que Heuria le había escrito. Ya en la primera clase había visto que Heuria era una maestra con talento y paciencia y que haría grandes progresos a su lado.

—Muy bien —dijo Heuria, después de tres cuartos de hora de aplicados ejercicios de escritura—, pasemos ahora a leer un poco.

—Te advierto que voy muy lento —le confesó Wiktor.

—No importa. Ya adquirirás velocidad. Es cuestión de práctica.

Lo que menos esperaba Heuria era que Wiktor se impresionara tanto al ver el libro que había tomado prestado de su padre.

—¿De dónde has sacado esto? —le preguntó, admirado, mientras contemplaba la cubierta del grueso ejemplar.

—Es de mi padre... —murmuró Heuria—. Lo guarda desde hace muchos años...

—¿De tu padre? ¿Seguro?

Wiktor miraba la cubierta del libro, sin saber qué pensar. En la tapa, se leía en letras mayúsculas cuidadosamente labradas:

XI Libro de la Sabiduría Arcánica
Por Fray César de Babel

También había un emblema: la estrella de las doce puntas. El símbolo del poder de los Arcanus.

—¿Y sabes de dónde lo ha sacado tu padre?

—Lo tiene desde hace muchísimo tiempo. Por lo menos desde antes de que yo naciera.

Wiktor curioseaba las primeras páginas, aunque sus dificultades con la lectura le impedían leer el índice del volumen tan rápidamente como le habría gustado.

—¿Por qué te interesa tanto este librote tan viejo? —le preguntó Heuria, perpleja.

—¿Me lo prestas?

—No puedo. Es de mi padre. Se enfadará si sabe que lo he cogido.

Wiktor no podía esperar más para contarle aquello a sus amigos.

—¿Me lo prestarás otro día?

—No... No lo sé... ¿Por qué te interesa tanto?

—Cuídalo mucho, ¿de acuerdo? Es un libro muy

importante —decía Wiktor, con palabras atropelladas—. No puede perderse. Y sobre todo, que nadie te vea con él, ¡podrían robártelo!

—Es muy buena señal que te intereses tanto por los libros antiguos —opinaba Heuria.

Pero Wiktor ya se había levantado, había recogido sus cosas de la sala de estudio y le había pedido permiso a su guapa y voluntariosa maestra para que dejaran la lectura para el día siguiente.

—Ahora tengo un asunto muy importante que atender —dijo, mientras se las daba de hombre importante.

Salió antes de poder escuchar la respuesta de la chica. Corría como si estuviera poseído por el diablo de las emergencias.

Al regresar a su carromato, Heuria encontró a su padre muy abatido. No pronunciaba palabra, tenía la mirada perdida en un punto indeterminado del papel pintado de la pared y no tenía ganas de cenar. De inmediato, la niña supo que ocurría algo muy grave, que tenía a su padre seriamente preocupado. No podía ocultarle algo así: lo conocía demasiado bien.

—¿Qué ocurre, papá? ¿Has vuelto a enfadarte con Sherlock Quick?

Ari de Hameln se removió en el sillón de orejas donde acostumbraba a pasar horas y horas leyendo y emitió un ruido sordo, una especie de ronquido. Eso significaba que su preocupación se debía a otra causa. Heuria decidió seguir intentándolo:

—¿Es por los hermanos Falcones? ¿Han vuelto a molestarte?

Ari de Hameln frunció el ceño y miró a su hija de hito en hito.

—¿Cómo puedes ser tan lista? —le preguntó, asombrado.

—Es mi trabajo —sonrió, mientras se sentaba junto a su padre—. ¿Me lo cuentas?

—Esta vez es realmente grave, hija mía. Me han amenazado de verdad. Dicen que si no regreso al Universal, lo lamentaré el resto de mi vida. Me han dicho... me han dicho que...

—¿Qué te han dicho? —preguntó ella, impaciente.

—Que me quitarán lo que más quiero.

—Ya veo... —masculló Heuria—. Parece que se han cansado de jugar limpio.

—¡Esa gente no sabe jugar limpio, hija!

—¿Por qué no avisamos a la policía?

—También me han advertido sobre eso. Me han dicho que ni se me ocurra hacer algo así, porque entonces será peor.

A Heuria le costaba imaginar qué podía ser peor que quitarle a alguien lo que más quiere, pero prefirió no preguntarlo en aquel momento. Ari de Hameln parecía a punto de llorar. Impresionaba ver a un hombre tan grande desconsolado de aquella manera.

—Estoy pensando en regresar con ellos, hija. Si lo hago, Sherlock Quick se enfadará mucho, seguramente me demandará y tendremos que pagarle una buena cantidad de dinero, pero por lo menos viviremos tranquilos y yo podré dormir por las noches.

Heuria detestaba oír a su padre hablar de aquel modo. El Circo Universal era un lugar horrible, dirigido por dos matones presumidos y lleno de gente aburrida. Allí no había nadie de su edad, ni pasaba nunca nada interesante. ¡Ella no quería regresar por nada del mundo! Y menos ahora que comenzaba a tener amigos en el Alfa.

—Te voy a preparar una infusión, papá —dijo, levantándose de pronto.

Puso una taza con agua en el microondas y le añadió un poco de azúcar y unas hebras de té rojo

—le sentaba de maravilla a su padre cuando estaba nervioso—; justo antes de servírsela, la mantuvo unos instantes entre las manos, mientras lo miraba muy fijamente. Luego, se la entregó.

—Toma, papá. No dejes ni una gota.

Cinco minutos más tarde, Ari de Hameln, mucho más tranquilo, dormía a pierna suelta en su sillón de orejas.

Un instante después, Heuria salía de la caravana, muy abrigada, y se perdía en la oscuridad de la noche.

4
Un dragón feo y hambriento entre los arbustos

Wiktor entró como una exhalación en el módulo de Maddox, al que encontró tumbado en la cama con los auriculares en las orejas, mientras escuchaba música con la mirada perdida en el techo.

—¡Ari de Hameln es un Arcanus! ¡Es uno de los nuestros! ¡Hemos encontrado al cuarto! ¡Es el mago!

Como a Maddox le gustaba escuchar la música a todo volumen, sólo escuchó la última de las cuatro frases. Por lo tanto, no entendió nada de lo que Wiktor le estaba diciendo, salvo que se trataba del mago.

—¿Qué te pasa? —preguntó, como si acabara de llegar de una galaxia muy, muy lejana.

—Ari de Hameln es el cuarto Arcanus. Tiene uno de los Libros de la Sabiduría Arcánica. Lo he visto y lo he tocado.

—A ver... —Maddox se dio cuenta de que su amigo tenía razones para estar muy excitado.

Se quitó los auriculares y se sentó en la cama. Wiktor se quedó de pie, mientras daba vueltas de un lado para otro, como una fiera acorralada.

—Explícamelo todo, sin atropellarte —pidió Maddox al atolondrado mensajero.

—Heuria me está dando clases particulares —comenzó Wiktor por el principio.

—¿Queeeeeeé? ¿Dejas que una chica te dé clases?

—Es una chica muy lista.

—Ya, pero eso no es ninguna excusa. Sigue siendo una chica, y es vergonzoso que hayas dejado que ocurra algo así.

Wiktor se detuvo en seco y miró a su amigo. Conocía esa mirada chispeante: era la envidia lo que brillaba en el fondo de sus ojos.

—Lo que ocurre es que estás celoso porque yo veo a Heuria a solas y tú no. A ti también te gustaría.

—¡De ninguna manera! —protestó Maddox—. ¡Yo nunca caería tan bajo y dejaría que una niña me dijera lo que tengo que hacer!

—Da lo mismo. —Wiktor apartó la cuestión de un manotazo y volvió a la parte importante de lo que estaba explicando—. El caso es que Heuria me está enseñando a leer bien. Esta tarde, para que practicara, ha traído un librote así de gordo. Ha dicho que era de su padre, que lo tiene desde hace muchos años, desde antes de nacer ella. ¿Adivinas lo que era? ¡Cuando lo he visto por poco me da algo!

—¿Uno de los Libros de la Sabiduría Arcánica?

—¡Exacto! ¡El undécimo!

Maddox se quedó un momento pensativo.

—¿No le habrás contado a Heuria algo de todo esto? —saltó de pronto.

—Pero, chaval, ¿me tomas por tonto o qué? Por supuesto que no le he dicho nada. Nadie que no sea de los nuestros puede saber nada de los libros. Por eso he venido a explicártelo en seguida. Tenemos que leerlo y debemos contárselo todo a Ekki.

Salieron como almas que lleva el diablo en busca de su amigo el nictálope. Le encontraron encaramado a una de las torres de luces de la segunda pista, mientras instalaba unos focos auxiliares.

—¡Ya bajo! ¡Dadme un segundo! —gritó, nada más verles las caras.

Ekki resultaba muy útil para este trabajo, no sólo porque era capaz de ver de noche, sino porque su poco peso —era muy menudo— le permitía subirse a lugares a los que ningún otro técnico llegaba. Watio, su jefe, estaba realmente contento con su incorporación al equipo.

Allí mismo, al pie de la torre de iluminación, le explicaron a Ekki todo lo que habían descubierto.

—¿Qué significa eso de que Heuria te da clases particulares? —preguntó, como si todo lo demás no tuviera tanta importancia.

—Eso ahora da igual —dijo Maddox—. Lo importante es conseguir el libro y leer su contenido. Tenemos que idear un plan.

—¿Cómo has podido hacerles esto a tus mejores amigos? —preguntó Ekki, mientras adoptaba una actitud dramática de pronto.

—¿A qué te refieres?

Ni siquiera Maddox, que podía considerarse la parte más importante de los afectados, sabía a qué se refería el más pequeño del grupo.

—Yo pensaba que teníamos confianza, que lo compartíamos todo...

—Sí, y así es —se defendió Wiktor, perplejo.

—¡No es verdad! ¡Te has quedado a Heuria para ti solo!

Los dos le miraron tan sorprendidos que Ekki se dio cuenta de que tal vez había exagerado un poco las cosas.

—¿A ti te gusta Heuria? —preguntó el hipnotizador.

—¿A mí? Claro que no. ¡Yo soy muy pequeño!

—Ah, mucho mejor, porque ya sabes lo que ella dice... que no le gustan los chicos —añadió Wiktor.

Maddox comenzaba a impacientarse.

—¿Podemos hablar ahora del asunto que nos preocupa y dejar el resto para otro momento, por favor? ¡Tenemos algo muy importante que hacer! Hay que leer ese libro.

Por una vez, los tres estuvieron de acuerdo.

—Bien. Lo primero que debemos hacer es trazar un plan —continuó Maddox.

—¡Yo tengo uno! —saltó Ekki—. Entramos en la caravana de Ari de Hameln y nos lo llevamos.

Los otros dos negaron con la cabeza.

—¡Menudo plan! —dijo Maddox—. No, nada de robar.

—Tendríamos que pedírselo prestado —añadió Wiktor.

—Exacto —continuó el guía—, así averiguaríamos si Ari de Hameln es o no es un Arcanus.

—Ya. ¿Y si no nos lo quiere prestar?

—Entonces, pensaremos otra cosa —sentenció Maddox—. ¿Quién va a la caravana de Heuria a pedirle el libro a su padre? Si queréis...

—Yo —dijo Wiktor.

—Yo —dijo Ekki, al mismo tiempo.

—Vaya. Pensaba deciros que me ofrecía voluntario. —Los tres se miraron, retadores—. Bien, ya que parece que todos queremos ir, lo mejor será echarlo a suertes.

Finalmente, le tocó a Ekki y los otros dos tuvieron que resignarse. Entre los tres trazaron el plan: con la excusa de preguntarle a Heuria qué deberes había puesto Minerva para el día siguiente, iría de visita a la caravana del mago. Una vez dentro, intentaría localizar el libro y preguntarle algo al respecto. No sería fácil, porque el hombre imponía lo suyo.

Tenía que ser una pregunta que no levantara sospechas en el caso de que De Hameln no fuera de los suyos, pero que resultara clara y concisa en el supuesto contrario. Podía ser algo así como: «¿Conoce usted al Guardián de los Doce Libros?». Un verdadero Arcanus jamás se quedaría indiferente ante una pregunta así. Si el mago no se inmutaba, significaba que se habían equivocado de hombre y que él no era el cuarto Arcanus, al que estaban buscando.

—Yo sigo diciendo que De Hameln es demasiado mayor para ser uno de los nuestros —opinaba Maddox.

—Pero tú dijiste que las estrellas te hablaron de él, ¿no es así?

—Lo único que dije fue que Hamel es el nombre de la estrella más brillante de la constelación de Aries, también llamada Alfa Ari. Pero también podría ser una coincidencia.

Wiktor negó con la cabeza antes de decir:

—¿Qué es lo que siempre te repite Naledi?: «Nunca nada es una coincidencia, fíate de tu instinto». ¿Qué te dice ahora tu instinto?

—¡Que Ekki tiene que irse ahora mismo o perderá su turno!

Así fue como el pequeñajo se puso en camino.

No fue una misión fácil. Hacía rato que había anochecido y la caravana de Ari de Hameln emitía una luz cálida, amarillenta. Se estaba acercando cuando vio que la puerta se abría y salía Heuria, muy decidida.

Desde donde se encontraba, Ekki pudo escuchar los ronquidos del mago, por lo que no le costó ningún trabajo deducir que no era el mejor momento para hacerle una visita y comenzar a formularle preguntas difíciles. Le llamó la atención, en cambio, la seguridad con que Heuria caminaba en dirección a la salida del circo. Llevaba su abrigo negro con caperuza y caminaba muy de prisa.

No pudo resistir la tentación de saber adónde se dirigía, de modo que no se lo pensó dos veces y la siguió, a una cierta distancia, para no ser visto, mientras procuraba no hacer ruido. Pero la niña parecía tan segura de sí misma que nada habría podido llamar su atención ni despistarla de sus planes.

Atravesaron una de las puertas de servicio, precisamente la que quedaba junto a la caravana de Ari de Hameln. Cualquier persona normal hubiera necesitado una linterna para pasar por aquel agujero oscuro, pero Ekki veía perfectamente sin necesidad de iluminación de ninguna clase. Heuria lo había previsto todo: llevaba una linterna, y con ella iluminó el camino hasta llegar a la calle.

Al llegar a la acera, la niña guardó la linterna y torció a la derecha. Caminó por un estrecho callejón hasta alcanzar una avenida mucho mejor iluminada y apretó el paso hasta llegar a la estación de metro de Alexanderplatz. Ekki bajó la escalera tras ella, a una distancia prudente. Los vagones del tren subterráneo no estaban muy concurridos a aquellas horas. Eso dificultó un poco las cosas, con tal de no ser visto terminó por refugiarse detrás de una pasajera gorda que dormitaba en uno de los asientos. Tras recorrer apenas media docena de paradas, Heuria se levantó y salió. Ekki fue tras ella.

Una vez fuera, dejaron a un lado la entrada del zoológico y se adentraron en el Tiergarten. Aquél era el mayor parque de la ciudad, una zona llena de árboles que, por su frondosidad, más bien recordaba a un bosque. Era uno de los lugares de paseo preferidos por los berlineses, lleno de bellos edificios, estatuas, vegetación y estanques, pero no era habitual adentrarse en él a esas horas de la noche, y tampoco con aquellas prisas. Heuria, sin embargo, parecía caminar cada vez más de prisa, como si algo muy urgente la estuviera esperando.

Una vez en el parque, Ekki dejó una mayor distancia entre él y su perseguida. Sus pasos crujían sobre las hojas y la arena, y en todo momento tenía la impresión de que la niña iba a darse la vuelta y de que él no iba a saber cómo explicar su presencia allí. Como, además, Heuria era tan lista, seguro que no tardaría en acorralarle con palabras cuyo significado él desconocería por completo y en dejarle como un idiota. No, de ninguna manera quería que ocurriera nada de eso. De modo que se distanció un poco más, y se valió de su estupenda visión nocturna para no perderla de vista.

De pronto la chica se detuvo junto a unos arbustos. Estaban muy cerca de un lugar llamado Grosser Stern, aunque eso Ekki no podía saberlo —ya que era la primera vez que estaba en el parque—. Un poco más allá, el muchacho distinguió una escultura en forma de animal: parecía un cocodrilo, o una serpiente gigante, o tal vez era más grande... Pero las plantas le tapaban la visión de la estatua.

Ekki decidió desviarse por un camino lateral y dar un rodeo para llegar al lugar donde Heuria se había detenido. De pronto escuchó la voz de la niña. Hablaba bajito, y su tono era dulce, parecido al que se utiliza para hablar con un bebé o con una mascota. El nictálope se acercó aún más y miró hacia arriba. Un poco más allá de los arbustos se alzaba un árbol imponente. No le costaría mucho trabajo trepar por él y espiar la escena desde el mejor de los lugares: desde la copa del árbol obtendría una perspectiva privilegiada. Lástima que su oído no estuviera tan desarrollado como su vista.

Como había previsto, no tuvo ninguna dificultad para encaramarse hasta la copa del árbol. Las torres de iluminación le habían proporcionado mucha experiencia en ascensiones y alturas. Una vez allí, se detuvo a contemplar lo que estaba ocurriendo. Ahora sí podía escuchar la voz de Heuria, que decía, hablando en susurros:

—¿Me has echado de menos? Llevaba un montón de días sin venir. Es que han pasado muchas cosas, ¿sabes? ¡Hemos cambiado de circo! Y el de ahora es mucho mejor. —Soltó una risita como de conejo antes de añadir—: Estate quieto, me estás haciendo cosquillas.

Ekki seguía sin ver con quién estaba hablando la ayudante del mago. Pensó que necesitaba cambiar de rama de inmediato y situarse en otra desde donde pudiera ver qué había tras los arbustos y con quién hablaba la niña. Comenzó a deslizarse sobre la corteza rugosa del árbol, como si fuera un reptil, camino de una rama con más visibilidad.

—¿Tienes hambre? —continuaba Heuria, sin dejar su tono cariñoso—. Mira, te he traído chocolate. Y yogur de fresa. —Otra risa—. Espera, espera... En seguida te lo doy, no te pongas nervioso. Espera...

Ekki vio una gran zarpa saliendo de debajo del arbusto. Era robusta, imponente, de uñas afiladas.

Habría jurado que pertenecía a un león si en ese mismo instante no hubiera visto al bicho completo. Y el animal no era otro que el lagarto que había visto un momento antes. Sólo que no se trataba de un lagarto... sino de un dragón. Y no estaba petrificado, como suelen estar las estatuas en los parques, sino que había bajado de su pedestal y trotaba alegremente alrededor de Heuria, como si fuera un perrito faldero.

«No puede ser —se dijo Ekki—. ¿Será que el enamoramiento me está afectando al cerebro?»

De inmediato se preocupó aún más: ¿era «enamoramiento» la palabra que acababa de revolotear por su cabeza? ¿Era eso en lo que estaba pensando? ¡Realmente estaba mucho peor de lo que imaginaba!

Se encontraba tan sumido en estas cavilaciones

que no se dio cuenta de que la rama donde se había encaramado era demasiado estrecha para soportar su peso sin quejarse. Entonces, sonó un crujido seco y Heuria se calló de pronto, con la mano detenida en el aire, a medio camino de la boca del bicho. La niña miró hacia arriba. Pero Ekki, sujeto ahora a otra rama, se había deslizado hacia una zona más segura.

Finalmente, en el último momento se había dado cuenta del peligro que corría.

Heuria comenzó a recoger sus cosas.

—Tengo que irme —dijo, mirando fijamente hacia la copa del árbol y bajando la voz para añadir—: Creo que me están espiando.

El dragón trepó hasta su pedestal y meneó un poco la imponente cola, que terminaba en una punta parecida al extremo de una lanza. Sacó una lengua larga como la de un camaleón y lamió la mejilla de su cuidadora.

—Volveré pronto, te lo prometo. —Miró de nuevo hacia arriba y desafió con la mirada a la copa del árbol y, sin saberlo, también a Ekki. Remarcó mucho las palabras al decir—: En cuanto termine con algunos asuntos que nos están preocupando.

Ekki sintió que se encogía sobre sí mismo. Si hubiera sido un caracol, se habría metido en su caparazón y desaparecido un rato del mundo. En seguida se alegró de no poder hacerlo, porque así pudo ver cómo Heuria besaba a aquel monstruo horrible en el hocico antes de echar a andar, a toda velocidad, hacia la salida del parque. Por supuesto, también había dejado al monstruo en su pedestal, fingiendo ser una estatua, y a Ekki, muerto de miedo y encaramado a la copa de un árbol, sin atreverse a bajar.

«¿Por qué las chicas siempre terminan por meterte en situaciones difíciles?», se dijo mirando al monstruo, que de pronto parecía petrificado otra vez.

5
Tormentas, preguntas y un buen trato para un día perfecto

—Y para terminar la actuación de hoy, el gran Ari de Hameln les ofrecerá su truco más increíble. ¡Damas y caballeros, prepárense para algo que recordarán durante el resto de sus vidas!

Con paso seguro, Heuria acercó la mesa a su padre. Encima del mantel negro, estaba la varita mágica y un recipiente de cristal transparente lleno de agua.

—Ahora le pediré a mi ayudante que les muestre la cubeta con agua. Por favor, Heuria, si puedes acercarla a nuestros amigos...

La niña caminó hasta el público con el balde entre las manos. Varias personas de las primeras filas metieron los dedos en el líquido o constataron la textura del cristal. Se trataba de un simple recipiente con agua, que no tenía nada de particular.

—¿Han comprobado si hay algo extraño en él? —preguntó De Hameln.

Varias personas respondieron desde sus butacas:

—Es normal.

—Un recipiente cualquiera.

—No tiene nada de particular.

El ilusionista continuó:

—Bien. Entonces, Heuria, ¿tendrías la bondad de depositar la cubeta sobre la mesa?

La joven ayudante, tan formal y segura como siempre, regresó al lugar donde estaba su padre y dejó la vasija en mitad del tablero.

—Sujétala fuerte, por favor. Que no se derrame ni una gota.

El mago frunció el ceño y cerró los ojos. En aquel momento, la voz de Vlady resonó por toda la carpa:

—Se ruega el máximo silencio, señoras y señores. El mago necesita concentración.

Un potente foco, manejado desde arriba por Ekki, iluminó la vasija del agua. Todos los presentes pudieron ver a la perfección cómo Ari de Hameln introducía la varita en el agua varias veces y luego la sacudía fuertemente sobre su cabeza, como si quisiera salpicar la altísima carpa del circo. Repitió esta operación varias veces, mientras algunos espectadores comenzaban a preguntarse, entre susurros:

—¿Qué hace?

No tardaron mucho en averiguarlo. Poco a poco, en la parte más alta de la carpa, sobre las cabezas del mago y de su ayudante, se fue formando una nube densa, oscura. Algunos tardaron un poco en darse cuenta y no repararon en ella hasta que un violento rayo, acompañado de un trueno ensordecedor, cayó frente a sus narices.

De repente comenzó a llover. Primero despacio, con gotas finas, e inmediatamente más fuerte, con grandes goterones. La nebulosidad también había crecido y ahora abarcaba toda la carpa, desde las últimas butacas hasta la salida de la pista. Los especta-

dores rebuscaban en sus bolsos y en sus bolsillos intentando dar con algo que les protegiera de la lluvia. Algunos se cubrieron la cabeza con bolsas de plástico, otros con sus chaquetas, pañuelos... cualquier cosa era buena para resguardarse. Aunque la mayoría, atónita, contemplaba aquel extraño fenómeno con la boca abierta.

De pronto, el mago volvió a concentrarse y le hizo un gesto decidido a su ayudante. Heuria sujetó entonces la vasija y arrojó su contenido al suelo de la pista central. De inmediato, la lluvia aminoró, se fue haciendo más y más suave, hasta que se convirtió en una fina llovizna y terminó por desaparecer.

Antes de que el público compensara al portentoso mago con un fuerte aplauso, la voz de Vlady sonó por megafonía para enfatizar aquel momento:

—¡Señoras y señores, Ari de Hameln provoca tempestades, pero sólo en la pista central del Gran Circo Alfa!

El mago se adelantó para recibir los aplausos, tan serio como de costumbre. Ekki vio que Heuria estaba pálida. No aplaudía, sino que se apoyaba en la mesa auxiliar y parecía sentirse débil de pronto.

La escapada nocturna de Ekki tras Heuria fue durante muchos días motivo de burlas de Maddox y Wiktor. Y ni siquiera les había explicado cómo había terminado todo, ni pensaba hacerlo. En realidad, el pequeño se quedó en la rama del árbol hasta que amaneció y un jardinero le preguntó qué estaba haciendo ahí arriba.

—Nada... —contestó—, sólo disfrutaba de la perspectiva.

Cuando bajó, no pudo evitar darse cuenta de que un funcionario municipal estaba limpiando el dragón de Heuria.

No tuvo agallas para acercarse mucho, tenía miedo que el bicho pudiera olerle o reconocerle, aunque hubiera jurado que era de piedra: una estatua como todas las demás, sólo que con un aspecto mucho más desagradable que la mayoría. Tenía cara de pocos amigos y un lomo escamado que remataban las fuertes garras que había visto la noche anterior. También estaba ahí la cola en forma de lanza.

—¿Te da miedo el dragón de Komodo, muchacho? —preguntó el jardinero—. ¡Ven, acércate! Es sólo una estatua.

No le gustó que aquel hombre le tratara como si fuera un niño pequeño, pero aún menos le agradó la idea de acercarse a aquel bicho repugnante. Salió corriendo y llegó a tiempo de darse una ducha, antes de entrar en clase. Toda un aventura nocturna, que le costó un buen resfriado.

Sin embargo, su peripecia tuvo peores consecuencias: por culpa de su decisión de seguir a Heuria, continuaban sin saber nada del *XI Libro de la Sabiduría Arcánica* ni de la razón por la cual estaba en poder del mago.

—Pero ¿no veis qué cosas puede hacer? Está claro que es un Arcanus. Y que nos supera a todos, además —decía Wiktor.

Decidieron reanudar su plan aquella misma noche. Maddox tomó las riendas del asunto:

—Esta vez iré yo —dijo—. No quiero que lo vuelvas a estropear, pequeñajo.

Maddox esperó a que la función terminara para llamar a la puerta de la caravana de Ari de Hameln. Le abrió la propia Heuria, en pijama. El muchacho se dio cuenta de que la niña tenía unas ojeras muy pronunciadas y la cara lívida, aunque estaba tan guapa como siempre.

—Hola... —saludó.

Heuria abrió sólo una rendija de la puerta, y no parecía muy dispuesta a dejarle entrar.

—¿Qué quieres?

—Quería preguntarte una cosa. Tiene que ver con la escuela. ¿Puedo pasar?

Heuria frunció el ceño y esbozó una mueca contrariada.

—Lo siento, pero mi padre está descansando. El número de las tempestades siempre le deja agotado, y no quiero hacer ningún ruido que pueda molestarle. Si quieres, lo comentamos mañana.

Heuria hablaba como si también ella estuviera agotada.

—No has venido a cenar —observó Maddox.

—No tenía hambre.

—Tú también pareces muy cansada.

—¿Yo? —La niña trató de aparentar una jovialidad que estaba lejos de sentir—. Qué va. Sólo hablo bajito para no despertar a mi padre.

No hacía falta ser un lince para comprender que aquél no era un buen momento para mantener una conversación.

—Bueno, ya hablaremos. Sólo quería pedirte que me ayudaras con los deberes. Últimamente me estoy retrasando y no sé cómo evitarlo. Pensé que no te importaría darme clases particulares a mí también.

—Vaya... Parece que voy a ser la suplente de Minerva —bromeó Heuria, sin muchas ganas de reír—. Está bien, cuenta con ello. Mañana fijamos un día o dos a la semana, ¿de acuerdo?

—¿Sólo un día o dos? A Wiktor le ayudas cada día.

—Pero es que él lo necesita más que tú...

—¡Que va! Yo estoy mucho peor. Ni te imaginas cuánto. Necesito ayuda cada día. ¡Incluso varias veces al día!

—Bueno. —Heuria le miró con desconfianza y burla—. Ya hablaremos.

Sin dejar que se despidiera, Heuria cerró la puerta de la caravana. Desde dentro llegaba una música muy tenue, como si la radio estuviera puesta.

Por alguna extraña razón, Maddox pensó que allí había algo que no era exactamente como parecía ser. Después de lo que le había dicho a Heuria, ni siquiera él mismo se reconocía.

Al día siguiente lo intentó Ekki. Llamó a la puerta de la caravana, y le abrió el mago en persona. Éste le dijo que Heuria estaba impartiendo clases particulares a Maddox, pero el pequeño le preguntó si podía pasar de todas maneras. Lo hizo sin esperar respuesta, y antes de que Ari de Hameln pudiera decirle nada, ya estaba dentro, mirando hacia todos lados.

Por dentro, la caravana parecía más espaciosa que por fuera. Se fijó en el título del libro que reposaba sobre uno de los brazos del sillón: *Houdini mágico*. Por la cara del mago, supo que había perturbado un momento de calma, pero a pesar de eso siguió adelante. Para ganar tiempo dijo:

—¡Cuántos libros! ¿Los ha leído todos?

—Varias veces —repuso el hombre.

Ekki barría con la mirada las estanterías que

abarrotaban las paredes de la caravana en busca del *XI Libro de la Sabiduría Arcánica*, pero lo hacía en vano. No veía el volumen por ninguna parte.

—¿Puedo ayudarte en algo, muchacho? —preguntó De Hameln, que parecía comenzar a perder la paciencia.

—Me gustaría esperar aquí a Heuria —dijo.

—Me temo que eso no va a poder ser, hijo. No tengo ni idea de lo que va a tardar en regresar. Y yo tengo cosas que hacer, ¿me comprendes?

Nada más escucharle, Ekki colocó al gran Ari de Hameln en el siguiente subconjunto de personas: «Gente que trata a la gente de casi 9 años como si tuvieran 5». Es decir, aquellos que no entienden que en algún momento de sus vidas, todos los niños crecen y comienzan a comprender las cosas. Incluso a veces llegan a entenderlas más que sus mayores.

De pronto lo vio. Estaba en una esquina de la estancia, sobre una silla, coronado por un par de volúmenes más. El *XI Libro de la Sabiduría Arcánica, por fray César de Babel.* Eureka.

—¿Ese tan gordo también lo ha leído? —preguntó Ekki, señalando de pronto el libro en cuestión.

—¿Cuál? Ah, ése. Pues no. No del todo, la verdad, aunque es un libro curioso.

—¿Puedo verlo?

En realidad, la pregunta de Ekki tampoco esperaba respuesta esta vez. Antes de que el mago le diera permiso, ya se había abalanzado sobre el libro y lo había tomado entre sus manos.

—Es alucinante —dijo, acariciando el lomo.

—¡Estate quieto! —De Hameln levantó la voz—. ¿De dónde sacáis los niños esta manía de toquetearlo todo? ¿No podéis mirar algo sin cogerlo?

El hombre recuperó el libro y lo dejó de nuevo en la pila de la que Ekki lo había tomado prestado sin permiso.

—Perdona —dijo el mago—, pero este libro tiene mucho valor para mí. No quiero que nadie lo estropee.

Ekki decidió que había llegado el momento de formular la pregunta-trampa:

—¿Puedo preguntarle algo, señor De Hameln?

El mago no pudo evitar poner una cara de tremenda resignación.

—Si no hay más remedio, hijo...

—¿Conoce usted al Guardián de los Doce Libros?

Durante un segundo de silencio, Ekki creyó ver un destello en los ojos del hombre. Aunque en seguida se desvaneció, cuando preguntó:

—¿De qué doce libros me hablas? ¿Es un asunto religioso?

«Ningún verdadero Arcanus contestaría algo así», pensó el muchacho. Pero, para asegurarse, volvió a la carga:

—Tiene que ver con este libro, el *XI Libro de la Sabiduría Arcánica*. ¿Sabe usted qué es?

Ari de Hameln se dejó caer sobre el sillón de orejas, derrotado de cansancio.

—No tengo ni idea —masculló—. Ese libro era de mi esposa, la madre de Heuria. Para ella tenía un valor enorme, que nunca quiso revelarme. Y para mí también lo tiene, naturalmente, aunque sólo porque me recuerda a ella. Este libro y la cara de Heuria, que se parece a su madre como una gota de agua a otra, son los más vivos recuerdos que guardo del amor de mi vida. ¿Estás satisfecho, jovencito? ¿Puedes dejarme leer un rato en paz, si no es mucha molestia?

Ahora sí estaba claro: Ari de Hameln no era un Arcanus. Lo que no entendía era que el libro perteneciera a la madre de Heuria. ¿Cómo habría llegado hasta su poder? ¿Qué Arcanus se lo habría dado, cuándo y por qué? Eran demasiadas preguntas para él solo. Decidió dar las buenas noches al mago y dejarlo con su lectura, para compartir sus dudas con sus amigos, aunque no sin antes pasar por la sala de estudios y hablar un momento con Heuria. La encontró con Maddox, que fingía —y muy bien, por cierto— que no entendía los verbos irregulares en inglés.

—¿Podemos hablar un momento? —le preguntó el nictálope a la chica.

—Claro, ¿qué quieres?

Ekki miró hacia Maddox y dijo:

—Mejor a solas.

El pequeño del grupo sintió que Maddox le fulminaba con la mirada por haber interrumpido su clase. Aunque lo que menos le importara, desde luego, era la lección en sí.

—Me he enterado de que impartes clases particulares —dijo.

—Bueno... No... Sí... ¿Qué quieres, Ekki? ¿Tú también vas retrasado con los estudios?

Ekki puso cara de gran catástrofe al decir:

—¡Ni te lo imaginas! ¡Soy un desastre! ¡El peor alumno de la historia de la humanidad!

A Heuria se le escapó una risotada.

—¿De verdad? ¿Tan grave es?

—¡Peor! ¡Sólo tú puedes salvarme!

—No sé si me queda tiempo para ti, Ekki. Tengo muy pocas horas libres. Aunque si estás dispuesto a aprovechar los sábados por la mañana, tal vez pueda encontrar un par de horas a la semana para ti. ¿Qué me dices?

En el fondo, Ekki se sentía culpable: Heuria demostraba ser muy buena persona al querer ayudarle. Y ellos, tanto él como sus amigos, sólo le tomaban el pelo para estar a solas con ella. Aunque en este caso, funcionaba aquella frase de «el fin justifica los medios». Si «el fin» era estar un rato a solas con Heuria, los medios no importaban tanto. Impostó de nuevo la voz, fiel a su papel, y añadió:

—Gracias, Heuria. Sabía que no me fallarías.

¡Sus amigos se morirían de envidia cuando lo supieran! Definitivamente, aquél había sido un buen día.

6
Nada por aquí... Heuria por allá

Mucha gente cree que a un buen día le sigue otro horrible. Tal vez por eso, el día siguiente no pudo amanecer con una noticia peor: Heuria había desaparecido. Por la mañana, su cama estaba intacta, como si nadie hubiera dormido en ella. No faltaba nada en su armario ni se había llevado ninguna bolsa. Y nadie había visto en el circo a ninguna persona de aspecto sospechoso.

—No lo entiendo —sollozaba su padre, desconsolado—, si me dio las buenas noches antes de acostarse. No entiendo qué le ha podido pasar.

Hay muchas personas que creen que las desgracias nunca vienen solas. Tal vez por eso, el mago, que desde la muerte de su mujer tenía una salud delicada, se desmayó mientras intentaba encontrar una explicación a la extraña desaparición de su hija.

—Ha sido por los nervios —explicó alguien.

En seguida lo llevaron a la enfermería del circo, pero el asunto era demasiado grave para que lo atendieran allí: Ari de Hameln necesitaba recibir los cuidados médicos que sólo podían dispensarle en un hospital. Lo llevaron en una ambulancia a una de las mejores clínicas de la ciudad.

Fue un día triste en el Gran Circo Alfa. Por primera vez se colgó el cartel de «Suspendida la función de esta tarde». Sherlock Quick andaba de un lado para otro, con los nervios destrozados, mientras se preguntaba dónde estaría Heuria, si le habría pasado algo, qué ocurriría si no regresaba, qué sería de su padre y qué podía hacer él en todo aquel embrollo.

—Tal vez podríamos ir buscando una nueva ayudante para el número de Ari de Hameln —se le ocurrió a Vlady.

Por el modo en que todos se volvieron a mirarle, supo de inmediato que no había tenido una buena idea.

—Sólo lo decía por si la niña tarda en regresar —añadió.

Minerva se reunió con sus otros tres alumnos nada más saberse la noticia.

—Sherlock Quick va a avisar a la policía. Si alguno de vosotros sabe algo acerca de adónde puede haber ido Heuria, ahora es el momento de decirlo.

Pero ninguno de ellos abrió la boca. Ni siquiera Ekki, que ya había decidido esperar a que anocheciera para ir en su busca al único lugar que se le ocurría.

—Entonces, ¿nadie sabe nada? —volvió a preguntar Minerva. Los tres permanecieron callados—. En ese caso, sólo nos queda rezar para que la policía la encuentre pronto.

Los chicos pasaron la tarde tumbados cada uno en su cama, sin ganas de salir ni de hacer nada. A la hora de cenar, coincidieron en el comedor, pero ninguno de los tres probó bocado.

—¿Y si se la han llevado los monjes negros? —preguntó Ekki, que al ser el más pequeño, también solía ser el que formulaba las preguntas más absurdas.

—¿Para qué va a querer Mahgul a Heuria? A él sólo le interesan los Arcanus...

—¿Y si lo hace para fastidiarnos? —continuó el pequeño.

Wiktor le miró con sus ojos de distinto color y dio una palmada en la mesa.

—¡Ésa es una posibilidad! ¿Cómo puede ser que no se me haya ocurrido? Pero si fuera así, entonces nosotros seríamos los culpables de lo que le pase a Heuria.

—Tenemos que ir a rescatarla —propuso Ekki, muy seguro.

Maddox llevaba un rato pensativo, como si la conversación de sus amigos estuviera sucediendo muy lejos de allí. De pronto, como si hubiera ocurrido algo, se levantó y salió a grandes zancadas del comedor. Su comida seguía intacta en el plato.

De hecho, sí que había ocurrido algo, pero sólo él era consciente de ello: acababa de verlo claro. Las dudas de sus amigos le habían conducido a algo parecido a una certeza. Salió al patio y se tumbó en el suelo: necesitaba concentrarse en las estrellas.

Ekki y Wiktor salieron tras él, y le encontraron en la misma postura que hubiera adoptado alguien que desea tomar el sol. Sólo que era de noche y hacía bastante frío. Maddox achinaba los ojos y miraba el firmamento.

—¿Estás viendo algo? —preguntó Wiktor.

Maddox le detuvo con un gesto de su mano que indicaba: «No me molestes ahora, estoy pensando».

Después de cinco minutos de atenta mirada, el guía se levantó y se dirigió a su módulo. Necesitaba su teléfono para llamar a Naledi, la única que podía guiarle en aquel momento. No fue fácil dar con el aparato —ya que el orden no era una de sus virtudes—, pero finalmente lo consiguió. Marcó el número de su amiga y ésta no tardó en responder. Supo quién era antes de descolgar, a pesar de que era ciega y no podía ver la pantalla.

—Hola, joven guía. ¿Qué consejo necesitas hoy de tu vieja amiga? —preguntó la anciana.

—Hola, Naledi. ¿Cómo estás?

—No pierdas el tiempo con preguntas intrascendentes. Por tu voz, deduzco que es algo urgente.

—Necesito que me aclares algo. Estoy hecho un lío.

—Te escucho.

—Necesito saber si además de ti, puede haber otras chicas entre los Arcanus.

Se produjo un silencio tan profundo que Maddox creyó que se había cortado la comunicación.

—¿Naledi? ¿Estás ahí?

—Sigo aquí, joven guía. Te he oído perfectamente.

—¿Y bien? ¿Sabes algo de esto, Naledi? ¿Puede existir alguien como tú, con dones como los nuestros? —insistió.

Escuchó algo similar a un chasquido, como si Naledi se hubiera sentado o levantado, o hubiera cerrado una puerta. Le pareció que la pregunta la importunaba, aunque tal vez también la hacía feliz. Era difícil adivinar lo que Naledi estaba pensando en cada momento.

—No te puedo contestar a esto, cariño. Lo siento mucho —dijo la mujer—. Me temo que en este caso tendrás que llegar tú solo a una conclusión satisfactoria. No aprenderías nada si yo te diera la solución, sería demasiado fácil, como mirar la solución de un jeroglífico antes de pensarlo siquiera. Debes hallar la solución por ti mismo. Aunque estoy segura de que te gustará saber, como a mí, que vas por el buen camino.

—No sé a qué camino te refieres —dijo el muchacho.

—El camino de la verdad, Maddox. Cualquiera que se empecine en creer que sus dones son únicos corre el riesgo de equivocarse totalmente. No lo olvides nunca. Y tú te encuentras ahora en una etapa de grandes descubrimientos. No te permitas caer en grandes errores.

Estaba tan apurado, corrían tantas ideas contradictorias por su cabeza y tenía tal necesidad de ordenarlas un poco, que Maddox no se detuvo a pensar a qué «grandes descubrimientos» se estaba refiriendo Naledi.

Ekki prefirió no confesar sus planes a nadie. Después de que todos se acostaran, y más o menos a la misma hora que el día que siguió a Heuria, salió del circo camino de la estación de metro y recorrió el subsuelo de la ciudad hasta llegar a la estación de Tiergarten. De nuevo dejó a un lado el zoo y recorrió los senderos flanqueados de árboles que bordeaban los estanques del parque.

Estaba tan seguro de que iba a encontrar a Heuria en el mismo lugar de la vez anterior que se dirigió directo al árbol que quedaba junto a los arbustos. Estaba trepando por el tronco cuando comenzó a escuchar la voz de la chica en el mismo tono dulce que aquella vez.

«Aquí está, la he encontrado yo solo», se dijo, antes de prestar atención a lo que decía.

—Hoy no tengo chocolate, bonito. Pero te he traído nueces. Mira.

Se escuchó un crepitar en la distancia. El bicho masticaba los frutos secos.

—¡No me chupes! —le regañaba Heuria—. Tienes la lengua rasposa. Me haces daño. ¡Espera!, ¡espera un momento! —Oyó la risa transparente de su amiga, pero le pareció que esta vez sonaba más triste—. ¿Quieres más? Toma, come. ¿Te gusta? Toma, tengo más. Te he traído más que de costumbre, porque puede que durante unos días no pueda venir. Pero volveré, te lo prometo. Y te traeré más chucherías.

Esta vez vio perfectamente a la criatura con la que Heuria mantenía aquella animada conversación. Era el mismo dragón de piedra que él había visto la otra mañana subido en su pedestal. Sólo que ahora no estaba petrificado, sino que estaba tan vivo como él. Lo bastante vivo como para devorar unas nueces o para chupar la cara de quien se las había traído.

Ekki llegó a la conclusión de que no aclararía aquel misterio si no bajaba primero de la copa del árbol. Tenía que hablar con Heuria, preguntarle por qué se había marchado, pedirle que volviera y decirle que todos la echaban de menos, sobre todo su padre, quien había enfermado al saber la noticia y había tenido que ser ingresado en un hospital.

Pero nada más poner los pies en el suelo y acercarse a la chica, ocurrió algo que le dejó sin palabras. El monstruo de las pezuñas enormes y la cola en forma de lanza le miró con los ojos vidriosos y comenzó a rugir como si fuera un trueno. Le enseñaba los dientes y sus ojos amarillos y feroces se abrían en la oscuridad. Estaba claro que su presencia no le gustaba nada.

—¿Qué estás haciendo aquí? —le preguntó Heuria, que tampoco parecía muy contenta de verle.

—He venido a buscarte.

—¿Cómo sabías que estaba aquí?

—La otra noche...

—Da igual —le interrumpió Heuria—. Dile a todos que no pienso volver. He encontrado un lugar mejor, y me he cansado de vosotros tres, que os creéis tan listos cuando ni siquiera sabéis lo que está ocurriendo delante de vuestras narices.

Ekki iba a contarle lo de su padre, pero no tuvo tiempo. La niña ya se alejaba, caminando tan de prisa como siempre, en dirección a la salida. Y fue tras ella.

—¿Me estás siguiendo? —preguntó ella, muy enfadada.

—No —dijo Ekki—, sólo estoy huyendo de esa cosa.

Esta vez era sincero. Pero le pareció que Heuria estaba llorando cuando se marchó.

Después de varios días pésimos, las cosas sólo pueden comenzar a mejorar. Y exactamente eso fue lo que ocurrió. Llevaban tres días colgando en la puerta el cartel de «Suspendida la función de esta tarde», y una larga cola de espectadores enfadados se formaba cada día frente a la taquilla. Exigían que se les devolviera el precio de la entrada, y algunos estaban tan fuera de sí que incluso llegaban a insultarles. Todos se turnaban en esa desagradable labor, porque la taquillera hacía un par de tardes que había sufrido un ataque de nervios.

Aquella tarde, Wiktor y Maddox estaban atendiendo a los enojados compradores e intentando explicarles que en cuanto el circo reanudara sus funciones tendrían sus localidades disponibles en la taquilla, cuando llegó una madre con sus dos hijos pequeños. Pidió que le devolvieran el dinero que había pagado por ver al gran Ari de Hameln, y antes de marcharse, mientras se guardaba los billetes en su bolso, le dijo al mayor de sus hijos:

—Si nos damos prisa, llegaremos al Universal. Me han dicho que hoy actúa esa niña maga tan increíble.

Maddox y Wiktor se lanzaron una mirada cargada de significados que sólo ellos comprendieron. Le pidieron a los hermanos Jonhson, los tres forzudos saltimbanquis, que les sustituyeran en la taquilla, y se fueron en busca de Ekki.

—¿Adónde vamos? —preguntó el pequeñajo.

—Al Universal —respondieron al unísono.

—¿Os habéis vuelto locos? ¿A qué vamos allí, si puede saberse?

—Heuria está allí.

Cuando salían del circo vieron a Marta, la trapecista, que conducía el vehículo en el que Ari de Hameln regresaba a casa. El mago parecía restablecido, aunque muy triste. Con un poco de suerte, muy pronto tendría motivos para estar mucho más alegre.

7
Los detectives enamorados no llevan gabardina

La entrada del Circo Universal estaba abarrotada de gente. Frente a la taquilla, algunos se afanaban por adquirir las pocas entradas que quedaban, mientras se peleaban y gritaban con muy pocos modales. Había una caravana que hacía las veces de bar, un vendedor de helados que ofrecía su mercancía a los asistentes, un puesto de postales y otro de pequeños juguetes para los niños. Un poco más allá, en un espacio que quedaba en un lateral, había un globo aerostático de vivos colores y una larga hilera de personas que esperaban para subir en él.

«Por un poco más del precio de una entrada, suban al globo y contemplen el circo desde arriba», rezaba uno de los carteles que anunciaban la atracción.

—El Alfa es más bonito —dijo Ekki, mientras arrugaba la nariz ante aquella multitud arremolinada.

—¿Os apetece subir en el globo? —preguntó Maddox.

Los otros dos le miraron con expresión de «¿Te has vuelto loco o qué?», pero el guía se justificó al instante:

—Sólo lo decía porque desde allí arriba seguro que veríamos muchas cosas que no captamos a ras de suelo. Es lo que buscamos, ¿no? Hemos venido como detectives.

—Sí, pero los detectives llevan gabardina —observó Ekki.

—Bueno, nosotros somos... ¡detectives de paisano!

—¿Qué quiere decir «de paisano»?

—Significa que vamos de incógnito, que no queremos que la gente nos reconozca —explicó Maddox al más joven del grupo.

—Ah, pues qué rollo. Entonces ¿para qué somos detectives?

Los tres amigos se dirigieron directamente hacia la entrada al recinto. Era una de esas carpas tradicionales, decorada con rayas verticales, blancas y rojas, y coronada con banderitas de colores.

—¿Qué te juegas a que incluso tienen leones, tigres y un domador de esos con las botas por fuera? —ironizó Wiktor.

No vieron a ningún domador. En cambio, sí que encontraron varios carteles, desde la entrada hasta sus sillas, donde se anunciaba una actuación nueva con grandes letras mayúsculas:

ESTA TARDE,
NUEVA ACTUACIÓN DE
ARIS
LA NIÑA-MAGA.
¡NO SE LA PIERDA!

—¿Aris? ¿Y quién es ésa? —preguntó Ekki, mientras fruncía el ceño.

—Sentémonos. Tal vez éste sea uno de los descubrimientos de los que me habló Naledi.

La carpa se veía algo vieja y las sillas eran de madera y muy incómodas.

—Los asientos del Alfa son mejores —sentenció el pequeño, nada más aposentarse en el lugar que le correspondía.

Los otros dos le dieron la razón en silencio, mientras esperaban a que comenzara el espectáculo. Como la maga Aris era la estrella absoluta de la función, actuaba en último lugar. Eso significaba que tenían que ver muchas otras actuaciones hasta que llegara su turno. Estuvieron atentos a las trapecistas rusas, a las tres contorsionistas pequinesas que repetían exactamente los mismos movimientos, como si las unas fueran los reflejos en un espejo de las otras, disfrutaron con los funambulistas que recorrían el alambre en una bicicleta y rieron con los chistes de los payasos. A pesar de que ninguno de los tres lo hubiera reconocido en voz alta en ese momento, el espectáculo les pareció bastante bueno.

—Y ahora —anunció un presentador vestido como si fuera a montar a caballo, con un fino bigote y una perilla tan pequeña que parecía más bien la sombra de una perilla—, les presentamos, en exclusiva para el Circo Universal, la actuación que estaban esperando. Con todos ustedes, respetable público...

Sonó un redoble de tambores y comenzaron los acordes de una musiquita triunfal.

—¡Aris, la niña maaaaaaaaaagaaaa!

Los espectadores aplaudieron dando la razón a la música, mientras una figura menuda y ágil salía a la pista y se movía bajo los focos con absoluta seguridad.

Los tres detectives de incógnito no la reconocieron en seguida. Y con toda razón, porque la maga

Aris tenía el pelo moreno y corto, y un flequillo le ocultaba toda la frente y parte de los ojos. No llevaba su habitual chaqué ni sus zapatillas deportivas, sino una especie de túnica dorada. Tenía los pies descalzos.

—¿Seguro que es Heuria? —preguntó Ekki.

—Claro —repuso Wiktor—. Mira sus ojos.

Llegaron a la conclusión de que, por muchos disfraces y pelucas que se pusiera, había cosas que Heuria nunca lograría disfrazar. Y una de ellas eran sus preciosos ojos verdes, aunque costaba reconocerlos bajo el tupido flequillo de la peluca que se había encasquetado.

A Ekki, todo aquello de los disfraces y los cambios de personalidad le estaba desbordando. Se notaba por su cara de desconcierto... y también por sus preguntas:

—¿Por qué se hace pasar por otra? —dijo.

Los otros dos también se formulaban un montón de interrogantes, pero no se atrevían a hacerlo con la franqueza de su joven amigo.

—Calla y mira —dijo Maddox, mientras él mismo pensaba una respuesta.

Tampoco él tenía ni idea de por qué Heuria estaba actuando en la pista del Universal. Ni de por qué lo hacía con un nombre falso. «Tal vez no quiere que su padre lo sepa», pensó. Intentó permanecer atento al espectáculo. Ya habría tiempo para hacer conjeturas.

Un par de ayudantes entraron en escena trayendo un gran baúl. La voz del presentador narraba lo que iba a ocurrir a continuación:

—Y ahora, la niña maga, experta en escapismo, va a entrar en el baúl atada de pies a cabeza, señoras y señores.

Sólo al escuchar estas palabras, el público aplaudió con entusiasmo. La maga Aris se desprendió de la túnica a los ojos de todos y se la dio a uno de sus ayudantes. Debajo llevaba una especie de mono negro muy ajustado, que le quedaba muy bien.

—Parece mayor —dijo Ekki, confuso—. ¿Seguro que es Heuria?

—Nadie más que ella estaría tan seria y segura en escena, pequeñajo —observó Wiktor.

«Ni tan guapa», pensaron los tres, aunque ninguno dijo nada.

El hipnotizador tenía razón: en eso de la seriedad y la seguridad tampoco valían disfraces. Los gestos de Heuria, o de Aris, o comoquiera que le diera la gana de llamarse, les hubieran permitido reconocerla en cualquier parte. No olvidemos que nuestros detectives se habían hecho ya unos verdaderos expertos en mirar —y admirar— a la niña maga. ¿Serían unos detectives enamorados de su propio objetivo?

De nuevo la voz del presentador los sacó de sus pensamientos:

—Para este truco, la niña maga necesitará un par de voluntarios de entre el público. ¿Hay alguien que se ofrezca, damas y caballeros, niños y niñas?

Algunos niños levantaron la mano en seguida, y también los detectives de incógnito se ofrecieron como voluntarios. Uno de los ayudantes se acercó a los espectadores y los miró con la misma cara que debía utilizar en la pescadería a la hora de escoger una merluza. Finalmente, con aires de superioridad, señaló a dos de ellos: una niña muy alta con coletas que se sentaba en la quinta fila y Wiktor.

—¿Queréis que la hipnotice? —preguntó a sus dos colegas, cuando ya se había levantado para salir.

—¡Ni se te ocurra! —replicó Maddox—, ¡no compliques más las cosas! ¡Recuerda lo que prometiste!

El guía sabía que tenía razón. Su amigo había prometido, no hacía tanto, después de un buen susto, no volver a utilizar sus dones como hipnotizador en beneficio propio. Aunque ignoraba si su amigo le habría oído, porque ya estaba en la pista, en compañía del antipático ayudante.

Hasta que vio a Wiktor, Heuria estaba tan tranquila como de costumbre. Y no se puede decir que reconocer a su amigo entre los voluntarios la pusiera histérica, pero sí que la afectó un poco. Le miró como lo hubiera hecho un gato que quiere arañar a su presa. Por un momento, no siguió la coreografía del número y no se situó entre los dos voluntarios, que ya estaban sujetando las cuerdas con las que iban a amarrarla. Sin embargo, Heuria era —por encima de todo— una de las mayores artistas que habían conocido, una profesional que no dejaba que nada personal se inmiscuyera en su actuación, de modo que apenas se le notó. En seguida recuperó el control de su número y se esforzó un poco por mostrar indiferencia ante la llegada de Wiktor.

—Les rogamos a los voluntarios que aten lo más fuerte que puedan a la maga Aris: que comience uno por los tobillos, y el otro lo haga por los hombros. Den tantas vueltas a la cuerda como deseen y sujétenla con nudos dobles, por favor.

Wiktor escogió los tobillos, y se ruborizó un poco al dar las primeras vueltas a la cuerda. Nunca había estado tan cerca de una chica, y mucho menos, de Heuria. Pero esa sensación desconocida no impidió que tuviera una de las ideas más maliciosas de su vida: «¿Qué ocurrirá si en lugar de un nudo doble ato las cuerdas con uno triple o cuádruple?», pensó.

No tenía mucho tiempo para averiguaciones, de modo que decidió arriesgarse. Esta vez Heuria no estaría dentro de un tanque de agua, así que, ¿qué podía ocurrir si no conseguía desatarse? ¿Que la expulsaran del Circo Universal y tuviera que regresar a casa? ¡Pues mucho mejor!

Así pues, Wiktor siguió las instrucciones del presentador, pero añadió un nudo más —o dos— a cada atadura. Cuando ambos terminaron, Heuria estaba inmovilizada de pies a cabeza, cubierta completamente de cuerdas. Uno de sus ayudantes la sujetaba desde atrás para ayudarla a mantener el equilibrio. Pero ahí no acababa la cosa, y Wiktor lo sabía: aún faltaban las cadenas. Entonces, el chico tuvo otra ocurrencia, peor aún que la anterior. Recordó de pronto que llevaba algo en el bolsillo: eran las llaves de su módulo. En el mismo llavero, junto a todas las demás, había una más pequeña que las otras, tan diminuta como el llavín que sirve para cerrar un candado. Y es que pertenecía a un candado muy diferente al que tenía en sus manos en aquel momento: el que empleaba para sujetar su bicicleta. Con mucho cuidado, palpó despacio hasta dar con esa pequeña llave y, sin sacar la mano del bolsillo, la deslizó fuera del llavero hasta esconderla en la palma de su mano. En ese mismo instante, uno de los ayudantes le entregó las cadenas. Fue facilísimo sacar la mano del bolsillo y cambiar una llave por la otra. Luego, hizo exactamente lo que le pedían: ató a Heuria con la cadena, sujetó su extremo con el candado y mostró el llavín.

—Ahora arrojen las llaves de los candados al fondo del baúl, por favor —solicitó la voz del presentador.

Wiktor arrojó la llave de su bicicleta y se guardó la otra. El presentador rogó en ese momento un fuerte aplauso para los dos amables voluntarios. Mientras el público obedecía y ambos esperaban la orden de regresar a sus asientos, Wiktor oyó cómo la voz de Heuria le decía:

—Si me la has jugado, no te perdonaré.

Regresó a su silla aún aturdido por lo que acababa de oír, y empezó a preguntarse cómo había sido capaz de hacerle aquello a una amiga. «No pasará nada, sólo hará un poco el ridículo y la expulsarán del Universal», pensó Wiktor para consolarse.

—¿Qué te ha dicho? —le preguntó Ekki, que siempre estaba atento a todo.

—Hoy, el número va a ser distinto —fue la única respuesta de Wiktor—. No os perdáis ni un detalle.

Ya lo creo que fue distinto. Los ayudantes introdujeron a Heuria en la caja, que tenía una cerradura muy sofisticada, y bajaron la tapa. Dos grandes correas sujetaron el baúl y lo subieron lentamente, hasta dejarlo suspendido en el centro de la carpa. Un foco de luz blanca lo iluminaba por completo, para que todos los espectadores lo pudieran ver bien, y justo debajo, un trapecio se balanceaba lentamente.

—Les ruego que me ayuden a contar hasta doce —dijo el presentador, mientras el baúl subía hasta el cielo de la carpa—. Cuando lleguemos al final, el mecanismo del baúl se abrirá automáticamente y la niña maga caerá sobre ese trapecio, al que se agarrará antes de caer al vacío. ¿Se imaginan lo que podría ocurrirle al caer desde esa altura, si no hubiera conseguido desatarse?

El corazón de Wiktor se aceleró nada más escuchar estas palabras. «¡Maldita sea!», se dijo.

—Aunque no se preocupen, damas y caballeros, porque nuestra joven maga siempre lo consigue, por increíble y complicado que parezca. Y ahora, comencemos a contar. Uno... dos... tres...

Al imaginar a Heuria intentando encajar su llave en el candado sin conseguirlo, una y otra vez, y por su culpa, a Wiktor le daban ganas de retroceder en el tiempo, de detener el número, de lanzarse a la pista o de todo a la vez. Tenía que hacer algo. Y rápido.

—Cuatro... cinco... seis... —El presentador seguía contando.

El baúl se balanceaba en el aire como si lo agitara un vendaval. Seguro que Heuria, allá arriba, estaba maldiciendo a Wiktor como nunca antes.

«Después de esto, nunca más querrá ser amiga mía», pensó el chico antes de ordenarle a Maddox:

—Vamos, tenemos que salir a la pista.

—Siete... ocho... nueve...

—Acompáñame. Corre. ¡Heuria está en peligro!

Maddox obedeció sin saber qué tenía que hacer. Corrieron con todas sus fuerzas para llegar al centro de la escena, justo debajo del lugar donde estaba el baúl. La cuenta continuaba. Llegaron justo a tiempo:

—Diez... once... ¡Y doce!

La tapa del baúl saltó como si alguien la hubiera empujado fuertemente. A los ojos de todos apareció Aris, la niña maga, sujeta aún por una de las cadenas y gran parte de las cuerdas. Los espectadores apenas tuvieron tiempo de darse cuenta de nada. Sólo de que dos jóvenes echaban a correr desde sus sillas, que el baúl se abría, y que aquellos dos muchachos recogían

a la maga, como dos superhéroes que acuden a salvar a su heroína.

Hubo un segundo de desconcierto. La gente no sabía si aplaudir o no, y hasta el presentador había enmudecido de pronto. Pero en seguida escucharon las primeras risas entre los espectadores de la primera fila, y rápidamente las carcajadas contagiaron a todos los demás. El público se echó a reír, ya que pensaba que acababa de ver un número cómico, y el presentador pudo por fin retomar el hilo y decir:

—¡Les ruego un aplauso para la maga Aris y sus dos rescatadores!

Sólo los tres protagonistas no reían en absoluto. Heuria estaba a punto de llorar. Maddox no salía de su asombro. Y Wiktor temblaba de pies a cabeza. Y más aún cuando, un segundo después de que se apagaran los focos, Heuria le dijo:

—Te odio. Nunca te perdonaré esto.

Por decisión unánime, los tres amigos decidieron que no podían marcharse del Universal hasta haber pedido perdón a Heuria. La decisión fue de Maddox, pero Wiktor estuvo de acuerdo en que debía decirle lo mucho que lo sentía, aunque ella no le creyera. Por eso, nada más terminar la función, mientras aún quedaban espectadores curioseando en los puestos de la entrada, preguntaron por la maga Aris. Les indicaron una caravana destartalada que ocupaba un rincón del patio. Estaba hecha una ruina: sólo alguien que no tuviera dónde meterse se habría resignado a vivir ahí.

Llamaron a la puerta con timidez. No sería extraño que Heuria no tuviera ganas de verles, después de lo que había pasado. Nadie contestó.

—Está enfadada —sentenció Ekki, antes de añadir—: Y con razón.

—No sabemos si está dentro —dijo Wiktor.

Llamaron de nuevo, esta vez con más energía. Pero tampoco contestó nadie. La puerta estaba desencajada y oxidada, y tenía la manecilla colgando.

—¿Y si entramos? —propuso Maddox.

—¿Quieres que también te odie a ti? —respondió Wiktor.

—No tenemos nada que perder —añadió Maddox, empujando la manecilla.

Con algo de esfuerzo, la puerta cedió. Entraron en un lugar infecto, lleno de trastos viejos y prendas que ya nadie utilizaba. En un rincón vieron la ropa de Heuria, cuidadosamente doblada sobre una toalla. Era el único lugar limpio en medio del caos y la porquería. Encima de la ropa, alguien había dejado una nota. Estaba escrita en un papel grueso, coronado por la estrella de doce puntas: el símbolo de la Hermandad de Babel.

La nota decía:

> ¿Os gusta haceros pasar por superhéroes?
> Pues ahora tenéis la oportunidad de repetirlo.
> Si queréis volver a ver a vuestra amiga,
> subid al globo y soltad las amarras.
> Seguro que será un rescate emocionante.
>
> Vuestros amigos,
> Los monjes negros

8
Un viaje (forzoso) lleno de sorpresas (no todas desagradables)

—¿Vosotros habéis montado alguna vez en globo? —preguntó Ekki, mientras corría detrás de sus amigos.

—Yo, nunca, ¿y tú, Maddox?

—Una vez, en un parque de atracciones. Pero tenía dos años.

Como si fueran expertos navegantes, los tres se encaramaron a la barquilla del globo que estaba a la entrada del circo. Ahora ya no quedaban espectadores remoloneando por allí, y tampoco se veía a nadie del circo. Tenían vía libre, pues. El globo estaba sujeto al suelo con fuertes amarras, que Maddox desató antes de subir, y nada más hacerlo, el enorme artefacto comenzó a elevarse lentamente.

—¿Cómo sabemos adónde vamos? —preguntó Wiktor.

—No lo sabemos. —Ekki mostró la nota de los

monjes negros—. Aquí sólo dice que subamos y soltemos las amarras. ¡Qué emocionante!

El pequeño palmoteaba de alegría, mientras los otros dos le miraban, estupefactos. Seguramente se estarían preguntando si estaba tan contento porque era un inconsciente o porque sólo tenía ocho años.

La barquilla donde viajaban los tres detectives —convertidos de pronto en superhéroes— era un lugar lo bastante desahogado para un viaje relativamente cómodo. Podían sentarse —aunque entonces no podrían disfrutar del paisaje— o permanecer de pie. Además, en el fondo de la barquilla había un par de botellas de agua, una manta a cuadros y un extintor. ¡Todo lo necesario para una travesía tranquila!

Lo que no se podía negar era que aquel medio de transporte garantizaba una buena vista. Los tres disfrutaron mucho al observar el Circo Universal desde el cielo. Se dieron cuenta de que, desde allí, la carpa se veía mucho más estropeada de lo que parecía desde dentro: tenía un montón de parches y desgarrones, además de estar muy sucia. Esto sólo podía significar que los hermanos Falcones no se caracterizaban por lo mucho que cuidaban sus cosas.

¡Por cierto, allí estaban! ¡Los hermanos Falcones! Ekki fue el primero en verlos y señalarlos con el dedo. Se encontraban junto a la puerta de su caravana —lo supieron porque encima de la puerta se leía, en unas grandes letras iluminadas: «Falcones»—, mientras hablaban con alguien a quien de momento no podían ver. Pero como el aire les llevaba precisamente hacia allí, en seguida se dieron cuenta de que el interlocutor de los gemelos no era uno, sino que eran dos y que iban enteramente vestidos de negro, con un cordón anudado a la cintura y una caperuza sobre la cabeza... Les reconocieron en seguida, con un escalofrío: ¡los monjes negros! Los hermanos Falcones estaban hablando animadamente con dos monjes negros.

¿Hablando? No. No era una conversación lo que estaban manteniendo, sino que más bien parecían estar cerrando un negocio. Lo vieron con toda claridad: los monjes les entregaron un montón de billetes verdes, que los gemelos, con gran codicia, contaron dos veces para asegurarse de que estaban todos. ¡Y eran muchos! ¡Una pequeña fortuna! Al finalizar esta operación, los cuatro malvados se estrecharon las manos, en señal de que todo había terminado bien.

—¡Seguro que esos desalmados Falcones han entregado a Heuria a Mahgul! —exclamó Wiktor, lleno de rabia.

Estaban tan fascinados por el espectáculo que les estaba ofreciendo su paseo por el cielo que no se dieron cuenta de que descendían muy despacio: ahora, los tejados quedaban tan cerca que habrían podido rozarlos. El peligro se hizo evidente cuando vieron frente a sus narices la humeante chimenea de un gran edificio de viviendas.

—¡Cuidado! ¡Nos vamos a estrellar! —gritó Maddox—. ¡Rápido, hay que elevar este trasto!

—¿Y cómo se hace? —preguntó Ekki, nervioso.

—Tiene que ser por aquí. —Maddox manipuló un poco los quemadores, de donde salía el chorro de fuego vertical.

Los efectos se notaron en seguida: el aparato se elevó, despacio pero seguro. Lograron sobrevolar la chimenea, aunque les ahumó un poco. Más tarde, los tejados se convirtieron de nuevo en diminutas superficies, allá abajo.

El viaje continuó por el cielo de la ciudad. Estaba anocheciendo y en las casas se encendían pequeñas luces anaranjadas. Luego dejaron atrás todo eso y sobrevolaron algunos palacios de las afueras, en los que pudieron admirar embelesados el lujo de sus columnatas y sus grandes jardines. A lo lejos también vieron las pistas de un aeropuerto. Sólo un rato después, bajo sus pies sólo se extendía una tupida vegetación.

Tras el anochecer, un aire helado comenzó a golpearles las mejillas, pero merecía la pena contemplar el panorama de las estrellas titilando en el cielo. Por fortuna, brillaba una Luna casi llena que iluminaba la noche. Gracias a ella, pudieron darse cuenta de que pasaban sobre las copas de centenares de árboles. De vez en cuando, aparecía algún pequeño grupo de luces que indicaba que allí abajo había una casa, o un pequeño poblado, pero en seguida regresaba la oscuridad de la vegetación, que la Luna les señalaba con su pálido resplandor.

Era todo tan plácido que Ekki se acurrucó en el fondo del cesto, se tapó con la manta a cuadros y se quedó dormido. Y así permaneció, durmiendo a pierna suelta —y roncando bastante fuerte— hasta que comenzaron los sobresaltos. Estaba claro que aquél no iba a ser un viaje de placer. No podía serlo, cuando los monjes negros habían sido sus organizadores. Sin previo aviso, la llama de los quemadores se apagó.

—Debe de haberse acabado el combustible —dijo Maddox, sagaz.

—¿Y ahora qué hacemos?

—Ahora... ¡Agarrarnos fuerte! ¡Nos vamos a pegar el trompazo de nuestras vidas! —anunció el guía.

Maddox acertó de lleno. Despertaron a Ekki y le dijeron que se agarrara a algo. Fue un final algo abrupto para el sueño más celestial que había tenido nunca. Los tres se aferraron a la barquilla tan fuertemente como pudieron. Maddox y Ekki cerraron los ojos, mientras Wiktor permanecía atento durante todo el tiempo. Por eso, antes de caer pudo ver un río muy caudaloso y algo que parecía un camino. Lo siguiente que observó fueron las grandes ramas de un árbol, que se estrellaban contra ellos. Se escondieron en la barquilla y esperaron a que terminaran los golpes. El globo se desgarró al engancharse contra toda aquella vegetación y cuando todo acabó, encontraron que la barquilla donde viajaban estaba suspendida a más de dos metros del suelo.

—¿Cómo haremos para bajar ahora? —se preguntó Maddox.

—Es lo más fácil del mundo —dijo Ekki, trepando a la rama más próxima, de allí al tronco, y deslizándose luego hasta el suelo.

—¡Ya está! —dijo, triunfalmente, al llegar abajo. Parecía un superhéroe en miniatura.

Wiktor y Maddox le imitaron, con bastante éxito. El frío en aquel lugar era intenso. Menos mal que sus chaquetas estaban preparadas para casi cualquier inclemencia, y que los tres habían cogido sus guantes y sus bufandas.

—¿Y ahora qué? —preguntó Ekki, mirando a su alrededor.

Se encontraban en mitad de un bosque; ni siquiera en un claro, porque los árboles estaban por todas partes. En la oscuridad se oían ruidos que les advertían de la presencia de toda clase de peligros. La Luna no se distinguía entre tanta espesura, y ni siquiera el camino podía verse bien.

—¡Vas a tener que guiarnos, pequeñajo! —le dijo Wiktor a Ekki—, ¡nunca hubiera pensado que sería tan práctico tener un amigo que ve en la oscuridad!

El pequeño husmeó el aire, como un sabueso, y miró hacia los cuatro costados.

—Por allí hay un río —dijo, mientras señalaba a su espalda—. Por lo menos, ya sabemos por dónde es mejor no ir.

Aún estaba tratando de decidirse cuando escucharon unos ruidos atroces que se acercaban hacia

ellos. Eran gruñidos de fieras salvajes, tan fuertes que les pareció que una jauría de monstruos dispuestos a comerles había surgido de repente de la nada y se dirigía hacia ellos.

—¡Corred! —dijo Ekki, mientras salía a toda velocidad hacia el único lugar al que había dicho que no quería ir, es decir, hacia el río.

¿Habéis intentado correr por un bosque con los ojos vendados mientras os persigue una jauría de monstruos enloquecidos? Si lo hubierais hecho alguna vez, sabríais con qué dificultades tropezaron Maddox y Wiktor en su huida. Nunca habrían salido de allí si Ekki no hubiera tenido una idea.

—¡Trepad a estos árboles! ¡Vamos, de prisa! ¡Ya están aquí! —les dijo.

Los monstruos rugían cada vez más cerca. Los tres amigos se encaramaron a los rugosos troncos de los árboles hasta alcanzar una rama lo bastante alta. Una vez allí, cruzaron los dedos para que los monstruos no supieran trepar.

Eran lobos; muchos, y muy fieros. Cuando les vieron subidos a las ramas se limitaron a aullar con mucho sentimiento, pero ni siquiera intentaron subir a los árboles. Después de un rato de lamentarse por haberse quedado sin cena, se cansaron de aullar y se fueron a hacer algo más práctico.

—¡Uf! Por poco nos atrapan —dijo Maddox, mientras se sacudía la ropa.

El primero en bajar fue Ekki; le siguió Wiktor, y el último en hacerlo fue Maddox, que también había sido el que había trepado más alto. En cuanto estuvieron juntos de nuevo escucharon un silbido que venía de arriba, de las copas de los árboles, y sintieron cómo algo pesado y frío se cernía sobre ellos. Cayeron al suelo, incapaces de moverse, sin comprender nada. Tardaron un momento en darse cuenta de que lo que les había inmovilizado era una red. Una red para cazar osos, para ser exactos.

Inmediatamente vieron a todo un enjambre de monjes negros revolotear a su alrededor. Parecían muy satisfechos, como si hubieran culminado una gran proeza.

Sin darles tiempo para reaccionar, los monjes levantaron la red y la transportaron a través del camino que se abría entre los árboles. Los tres muchachos se sujetaron a ella como pudieron, mientras sus porteadores los llevaban a toda prisa y sin ninguna delicadeza. En el camino, frente a ellos, les esperaba una carreta tirada por dos mulas. En la parte de atrás había una gran jaula de hierro, donde metieron rudamente a los tres chicos.

El cabecilla guardó la llave en un bolsillo de su hábito, dio una orden y todos se pusieron en camino. Había media docena de monjes a caballo, además de los que manejaban la carreta.

—¿Adónde creéis que nos llevan? —preguntó Ekki, asustado.

Ninguno de sus amigos supo darle una respuesta, a pesar de que se devanaron los sesos tratando de encontrarla.

Llevaban media hora de silencioso camino cuando regresaron las emociones fuertes. Lo primero que escucharon fue un rumor entre las ramas de los árboles. Fue muy breve, poco amenazador. Podría haber sido una lechuza o una ardilla, y nadie le habría dado ninguna importancia si no se hubiera repetido a los pocos segundos, esta vez más fuerte, más claro y más cercano. El rumor vino seguido de un golpe seco, y de otro, y de otro más. La carreta se detuvo en seco —luego los muchachos averiguarían que alguien había introducido a gran velocidad un enorme palo entre las ruedas—, los monjes que manejaban las riendas cayeron a ambos lados, como si se hubieran desmayado de pronto —exactamente lo que les había pasado, aunque los tres amigos tampoco podían saber qué era.

De la espesura del bosque surgió una figura descomunal, como la de un gigante. Sólo Ekki logró verle bien. Si hubiera podido explicarlo, habría dicho que tenía los ojos azules, era calvo, llevaba una tupida barba blanca y vestía como un ermitaño. Pero lo más increíble fue lo que llegó después: con un par de manotazos apartó a los monjes negros que los escoltaban, con otros movimiento espantó a los caballos y disparó a los monjes que aún se resistían a obedecerle con ayuda de una cerbatana que se sacó de un bolsillo. A continuación, cogió la llave de la jaula del bolsillo del carcelero, abrió la puerta de la prisión en la que viajaban los tres amigos y les ordenó:

—Venid conmigo, chicos.

Los tres detectives sin gabardina, los tres superhéroes venidos a menos, los tres Arcanus perdidos en la espesura del bosque, siguieron sin rechistar a su salvador.

9
El Círculo de las Doce Puertas

Si el gigantón que les había liberado no hubiera pronunciado aquellas palabras un rato antes —«Venid conmigo, chicos»—, los tres habrían tenido motivos para pensar que era mudo. Y es que el hombre no abrió la boca en todo el tiempo que anduvieron por el bosque. El primer tramo lo hicieron a pie, hasta llegar a un caudaloso río, que tuvieron que atravesar por un puente de cuerda. Había una gruesa soga donde poner los pies y un par más a cada lado, a la altura de las manos, en las que podían agarrarse. Atravesar por allí el río en mitad de la noche parecía más propio de gatos que de seres humanos, pero los tres amigos pasaron bien la prueba. Especialmente Ekki, que como ya había quedado sobradamente demostrado, era el más ágil. El último en cruzar la corriente fue el gigantón, y los tres se sorprendieron al comprobar con qué rapidez y habilidad lo hacía. Se notaba que no era la primera vez que pasaba por aquel puente.

Al otro lado de la ribera les esperaba un vehículo todoterreno muy viejo y destartalado. Estaba cubierto de arañazos y abolladuras, que testimoniaban las numerosas veces que había salido de paseo por aquellos caminos. Por lo demás, a los chicos les pareció el lugar más confortable del mundo. Después de la aventura que habían protagonizado, incluso un tanque les habría parecido mullido y agradable.

El gigantón conducía como si quisiera poner a prueba las suspensiones del coche. No había piedra, ni socavón ni charco del camino que dejara sin pisar. O por lo menos les daba esa impresión a los tres ocupantes, que tenían que agarrarse a donde podían para no pasarse todo el viaje golpeándose contra el techo y los laterales del vehículo. Por fin, tras varios kilómetros de saltos y boquetes, el conductor se detuvo y abrió la puerta. No pronunció palabra y se limitó a echar a andar hacia alguna parte.

Los chicos le siguieron, guiados de nuevo por la visión nocturna de Ekki. Bajaron la escarpada ladera de una montaña —alguien había tenido el detalle de instalar troncos en sentido horizontal, que servían de escalones—, hasta que llegaron a una cueva y entraron en ella. El gigantón iba delante, caminando con paso firme y respirando con cierta dificultad, mientras los tres amigos le seguían a toda prisa. Dentro de la cueva había un lago, y en mitad de éste, una barca. El guía subió a ella y les esperó mientras se mesaba las barbas. Parecía tener mucha prisa.

En cuanto los chicos subieron a la embarcación, el hombre tomó los remos y se puso en camino. Era una gruta muy profunda, iluminada por algunas antorchas que dibujaban figuras fantasmales sobre el agua, la cual resonaba por todas partes. Si no fuera porque acababa de rescatarles de un gran peligro, los tres chicos hubieran tenido motivos para sospechar de aquel hombre que les guiaba a través de las entrañas de la tierra hacia un lugar desconocido.

Atracaron en la orilla opuesta del lago subterráneo, en un lugar donde la gruta parecía ensancharse. De nuevo, el gigantón se puso en camino, no sin pronunciar antes su segunda frase de la noche:

—Cuidado, resbala —dijo, señalando el suelo de la gruta que, en efecto, parecía bastante resbaladizo.

Los tres amigos avanzaron como pudieron a través de aquella superficie, hasta alcanzar la pared de la gruta; a partir de allí, un pasamanos les facilitó aquella parte del recorrido. Agarrados a aquella barra salvadora, siguieron avanzando hasta llegar a una escalerilla sujeta a una de las paredes. El gigantón había comenzado a subir por ella y había desaparecido de su vista, no antes de permitirles comprobar que llevaba unos calzoncillos blancos con lunares verdes.

—¿Habéis visto? Lleva calz... —rió Ekki, señalando el trasero del hombre, que desaparecía a toda prisa.

—¡Calla y sube, pequeñajo! —le ordenó Wiktor, mientras le aupaba para que alcanzara el primer escalón.

El más joven de los tres, por cierto, se dio por ofendido, y seguramente con razón.

—No necesito ayuda, ya puedo solo, ¡gracias! —dijo, remarcando mucho las palabras.

La escalerilla era realmente larga. Subieron, subieron y subieron hasta llegar a aburrirse de tanto subir. Era como intentar alcanzar la superficie de un pozo que venía de lo más profundo de la tierra. Maddox, siempre tan calculador, se entretuvo en contar los escalones. La parte superior estaba cerrada por una trampilla, que el gigante abrió utilizando una llave.

—Setecientos noventa y tres —concluyó Maddox, al llegar arriba.

—¡Y cuatro! —corrigió el gigantón, todavía jadeando, antes de abrir los brazos, como si pretendiera abrazarlos, y exclamar—: Poneos cómodos, estáis en vuestra casa. ¿Os apetece una taza de leche caliente?

¿Cómo debe de ser la casa de un hombre que vive en mitad del bosque, en un lugar al que se llega después de atravesar un río, una cueva, un lago subterráneo y un túnel vertical de más de cien metros? Seguro que nunca lo acertaríais.

Estaban en una especie de biblioteca circular, de unos cinco metros de diámetro. Todo estaba repleto de libros, y no había ni un palmo libre. Había volúmenes en las estanterías —que cubrían toda la pared, de arriba abajo—, en el suelo, sobre las sillas, mientras otros formaban una pirámide en equilibrio sobre la mesa, llenaban hasta los bordes un pequeño sofá, estaban dentro de las cazuelas, encima de las lámparas, desparramados sobre la cocina, en el horno, en la nevera... Incluso encima de la cafetera había una pequeña pila.

—¿Dónde duermes? —preguntó Ekki, contemplando aquel atiborrado lugar con ojos asustados.

—Ah, por ahí, en cualquier parte —dijo el gigantón, que de pronto parecía muy contento, como si llegar a casa le hubiera puesto de buen humor.

—¿Y quién eres? —volvió a preguntar el más pequeño.

El hombre abrió la nevera, que estaba en un rincón, junto a un fregadero invadido de gruesos volúmenes. El hombretón miró dentro de la nevera, con expresión interrogante. Apartó media docena de libros de bolsillo y rescató de alguna parte una botella de leche.

—Tenéis razón, no nos hemos presentado. Vosotros sois Ekki, Wiktor y Maddox —señaló a cada uno antes de pronunciar su nombre, y sin cometer ni un error—. A mí podéis llamarme Amigo.

—¿Amigo? ¿Ése es tu nombre? —volvió a preguntar Ekki.

—No —el gigantón soltó una carcajada que sonó muy franca—, pero es la verdad. Soy vuestro amigo. ¿Os cabe alguna duda?

El hombre se empeñó a fondo en preparar tres tazas de leche, lo que no resultaba fácil en aquel lugar. Para dar con las tazas tuvo que revolver media biblioteca, y finalmente las encontró detrás de una enciclopedia de cuarenta volúmenes. Lo mismo ocurrió con el azúcar: lo buscó durante mucho rato, hasta que apareció sobre una historia de la filosofía que le servía de soporte perfecto. Cuando dispuso las tazas de leche humeante frente a sus tres invitados, ya estaba amaneciendo. Y si ellos no se habían dormido, era porque aún no habían encontrado dónde sentarse.

—Seguro que os estáis preguntando qué hacéis aquí.

Dejó la bandeja encima de una pila de guías de viajes.

—Podéis sentaros ahí —dijo, mientras señalaba el atiborrado sofá—; sólo tenemos que retirar los libros.

La sola idea de quitar todo aquello de allí les

causaba fatiga, de modo que los chicos declinaron el amable ofrecimiento de su anfitrión y se sentaron en el suelo, después de hacerse sitio apartando algunos ejemplares. Descubrieron que, bajo sus pies, había una alfombra. Estaba bastante sucia, pero era muy mullida. Mientras comenzaban a saborear la leche, que les estaba sentando de maravilla, Amigo comenzó a hablar:

—Supongo que alguna vez habéis oído hablar de fray César de Babel, ¿verdad?

El cansancio se esfumó de los rostros de los tres muchachos nada más escuchar ese nombre. ¡Por supuesto que les sonaba! Asintieron, llenos de entusiasmo.

—Bien, pues es él quien me envía —continuó Amigo.

—¿Conoces a fray César de Babel? —preguntó Ekki.

—Desde hace mucho, mucho tiempo —repuso Amigo, mientras se sentaba junto a la lámpara, en una silla que previamente había liberado de una montaña de diccionarios.

—¿Cómo es? —le inquirió Wiktor—. ¿Es tan sabio como dicen?

—Es un viejo presumido —dijo el hombre—, y

un solitario. Le gusta vivir en lugares remotos, sin relacionarse con nadie.

—¿Es verdad que es el Guardián de la Sabiduría Arcánica?

Amigo asintió con la cabeza y su calva relució a la luz de la lámpara.

—Eso creo —respondió.

Los tres muchachos tenían tantas dudas acerca de aquel misterioso personaje, que no pudieron evitar formularlas sin ningún orden. Por eso, sus tres preguntas, mezcladas en una mayonesa incomprensible, sonaron más o menos así:

—¿Sabes fue él dónde es podemos quien enemigo de escribió Mahgul los doce libros y encontrarle los monjes negros?

Amigo meneó la cabeza, confundido.

—Un momento, un momento. Voy a responderos de uno en uno. Y prestad mucha atención, porque detesto repetir las cosas. ¿Queréis más leche?

Los tres amigos negaron con la cabeza.

—Bien, entonces escuchad. Está amaneciendo y cuando el sol comience a brillar, voy a tener que irme.

—¿Y qué haremos nosotros?

—Continuar vuestro camino, naturalmente. Tenéis una misión que cumplir, ¿no?

No tenían ni idea de cómo Amigo podía estar al tanto de sus planes, pero había tantas cosas que no lograban entender últimamente que una más no les afectaba en absoluto. Dejaron las tazas en el suelo, procurando no ensuciar ningún libro, y prestaron atención.

—Primero quiero hablaros de los monjes negros. Sí, no me miréis con esa cara, ya sé que tenéis motivos para no profesarles una gran simpatía, pero es necesario que cambiéis de opinión. Ellos han sido durante muchos siglos los custodios de la sabiduría arcánica. Trabajaban para fray César de Babel, a quien debían fidelidad y respeto. Como habréis podido comprobar, son mudos. Eso se debe a que han hecho un juramento de fidelidad a la Ilustre Hermandad de Babel, y han permitido que les extirpen la lengua y las cuerdas vocales antes de ingresar en la orden. Los monjes negros dedican su vida al cuidado del conocimiento que habrá de guiar a los doce elegidos. Es decir, a vosotros y al resto de los doce, si es que lográis encontrarlos algún día. Pero últimamente andan un poco despistados y el Innombrable ha conseguido embaucarlos. Parece mentira que Mahgul pueda ser tan convincente si se lo propone. Y los pobres monjes son demasiado leales para discernir algo por sí mismos. Os aseguro que, en cuanto los monjes negros se den cuenta de su error, abandonarán a esa momia andante, a ese elegido pasado de moda, y se convertirán en una especie de ejército a vuestras órdenes. Serán vuestros ayudantes más fieles, vuestras sombras protectoras. Os digo esto para que no seáis demasiado duros con ellos y no les hagáis ningún daño. Los pobrecillos sólo son un poco bobalicones.

—Pero tú has matado a dos de ellos —protestó Wiktor.

—¿Te refieres al cochero y su copiloto? —sonrió Amigo—. ¡Sólo me he limitado a dormirlos durante un rato! ¡Espero que vayan bien abrigados, para que la siesta provocada por mis dardos anestésicos no les provoque un resfriado!

El hombre soltó otra risotada, antes de continuar.

—También deseo hablaros de Mahgul y sus intenciones. Supongo que ya imagináis que esta noche os ha tendido una trampa. Ha capturado a Heuria, con ayuda de los desalmados hermanos Falcones, y pretende utilizarla como cebo para atraeros. Tened mucho cuidado. Si consigue sus propósitos, estaréis dejando que Mahgul tenga mucho más poder del que jamás ha soñado. Si consigue llevaros hasta su fortaleza, cinco de vosotros estaréis bajo su techo y se habrá salido con la suya.

—¿Cinco? —preguntó Maddox—. ¿Te refieres a cinco Arcanus?

Amigo asintió.

—¿Y quiénes son los otros dos?

—¡No me interrumpas, jovencito! —alzó la voz el gigantón—. ¡He dicho que no repetiré las cosas, de modo que cállate y presta atención! ¡Lo que os estoy explicando es de vital importancia para vosotros!

Maddox bajó la cabeza, algo avergonzado.

—Mahgul pretende robaros vuestros dones para hacerse más poderoso. ¿Sabéis lo que son los vampiros energéticos? ¿Habéis oído hablar alguna vez de ellos?

Los tres amigos negaron con la cabeza. Amigo se levantó trabajosamente y se dirigió hacia uno de los estantes de su inmensa biblioteca mientras murmuraba:

—Ay, ay, ay, si no padecierais esa terrible enfermedad llamada ignorancia, podríamos darnos más prisa.

El hombre subió sobre una pila de manuales de jardinería y alcanzó un ejemplar que estaba bastante arriba, en la biblioteca. Regresó con él a su asiento y se lo ofreció a los chicos. Ekki lo cogió y lo miró con curiosidad. En la portada leyeron: *Vampiros energéticos: uso y disfrute.*

—Aquí tenéis la medicina para vuestra ignorancia —les dijo, sentándose de nuevo—. Nada de lo que yo os pueda contar va a ser mejor que lo que encontraréis en ese libro, pero por si el viaje de regreso no es el mejor momento para leer, os avanzaré algunos conceptos básicos. Un vampiro energético es alguien capaz de absorber la energía de los demás. No se trata de ningún poder sobrenatural, sino que existe gente capaz de hacer eso desde el principio de los tiempos. La mayoría de ellos sólo absorben la energía de las personas, de modo que cuando están un rato junto a ellas es como si las dejaran sin baterías. Mahgul, sin embargo, no se limita a eso. Él quiere vuestros dones y habilidades. Pretende reunirlos todos en sí mismo para así dominar el mundo, pero sólo puede conseguirlo si permanece junto a vosotros el tiempo suficiente para absorber vuestra energía y si consigue los doce libros de la Sabiduría Arcánica. Para lograr el primer objetivo necesita atraeros y reteneros durante unas cuantas semanas. Eso es lo que se propone ahora, ni más ni menos, de modo que tenéis que andaros con mucho ojo.

Wiktor levantó la mano, como si estuviera en clase. Tenía una pregunta.

—Un momento. No he terminado —le cortó Amigo—. Las preguntas al final. También es importante que encontréis los doce Libros de la Sabiduría Arcánica antes de que lo haga Mahgul, y que los devolváis a su lugar. Esos libros forman parte de los conocimientos ancestrales de los Arcanus, y bajo ningún concepto pueden terminar en manos de alguien tan dañino como el Innombrable. Sé que vosotros habéis encontrado ya algunos, pero Mahgul ya ha conseguido por lo menos dos, que yo sepa. Es fundamental que os adelantéis a vuestro enemigo. Para preservarlos de cualquier otra amenaza, debéis llevarlos a la Biblioteca Sumergida. Es allí donde deben guardarse los libros, custodiados por los monjes negros, que gracias a vosotros volverán a encontrar el camino de la sabiduría. ¿Lo habéis entendido bien?

Los tres amigos asintieron.

—Bien —dijo Amigo, muy sereno—. Ahora, podéis preguntar.

—¿Dónde está la Biblioteca Sumergida? —inquirió Wiktor.

—Nadie puede saberlo. Algunos dicen que se

desplaza sola; otros creen que los monjes la trasladan de un lugar a otro cada cierto tiempo. La última vez que supe de ella estaba bajo las cataratas de Iguazú, en la impresionante unión de tres fronteras. Pero de eso hace ya mucho tiempo, y seguro que ya no está allí. Tendréis que encontrarla vosotros mismos.

—¿Quiénes son los otros dos Arcanus? —volvió a saltar Wiktor.

—Sólo una pregunta cada uno —resolvió Amigo—. Ahora les toca a tus compañeros.

—¿Por qué nos ayudas? —preguntó Maddox.

—Porque espero recibir algo a cambio, aunque aún no voy a deciros de qué se trata. Lo sabréis una vez llegado el momento. —Se volvió hacia Ekki y le dijo—: Te toca.

Éste dudó un segundo. No se le ocurría nada que preguntar, por lo que miró a sus amigos, angustiado. Éstos movían los labios, y le sugerían mil preguntas importantes. Pero él no entendía ninguna.

—Se hace tarde... —dijo Amigo—. O preguntas o no quedará nadie aquí para responderte.

Ekki tamborileaba con los dedos sobre sus rodillas. No se le ocurría nada. Cuanto más le presionaban los otros dos, menos claro tenía lo que podía preguntar. Finalmente, acudió a su mente una duda, la única que tenía. Se creyó salvado y la formuló, sin pensarlo dos veces:

—¿Por qué usas calzoncillos de lunares verdes?

—Se ha hecho tarde. Dejaré esa respuesta para la próxima vez que nos veamos —respondió Amigo, levantándose con mucha calma—. Además, no soy el único que ha de irse. Tenéis una misión que cumplir. No olvidéis nada de lo que os he dicho.

Dicho esto, Amigo se dirigió a una parte de la estantería donde había unos enormes libros antiguos, presionó un mecanismo y la biblioteca se abrió como si fuera una puerta, para dejar ver un bosque tan frondoso como aquel en el que habían aterrizado cuando aún era de noche.

—Por aquí, por favor —dijo, mientras les indicaba la salida.

Se despidió de ellos con un apretón de manos y les deseó mucha suerte.

—Hasta que volvamos a vernos, jóvenes Arcanus. Nunca dejéis de confiar en vuestro instinto.

Y Amigo cerró la puerta en sus propias —y perplejas— narices.

Maddox, Wiktor y Ekki se encontraban ahora en mitad de un bosque bastante menos tenebroso que

aquel que habían conocido unas horas antes. Se escuchaba cantar a los pájaros y el cielo era de un azul radiante. A sus espaldas, descubrieron el lugar del que acababan de salir. Por fuera, la casa de Amigo era un círculo perfecto. Se fijaron en que tenía doce puertas. Los libros que la abarrotaban por dentro no les habían permitido saberlo antes.

«El Círculo de las Doce Puertas —se dijo Maddox—, ¿dónde habré oído hablar de algo así?»

Aunque lo verdaderamente sorprendente no era lo que tenían detrás, sino lo que se alzaba frente a ellos: un imponente castillo encaramado a un monte, coronado por docenas de cúpulas, almenas, agujas y miradores. Era una construcción tan extraña que sólo podía ser la morada de un loco.

—Ahí está. El castillo de Mahgul —dijo Maddox.

10
La mejor fuga de la mejor maga del mundo

Entre los tres atónitos amigos y el castillo se extendía un valle no muy profundo. De lado a lado, éste estaba ocupado por un laberinto tan intrincado que ni siquiera desde arriba era posible ver dónde estaba la salida y dónde la entrada.

—No hay otro camino —observó Ekki—, tendremos que entrar.

—Por lo menos no hay lobos ni monjes negros. Todo está en calma.

—Sí... —susurró Maddox—, todo está demasiado en calma.

Descendieron la ladera hasta tropezar con la entrada al laberinto, un monumental arco en cuya parte delantera podía leerse:

**BIENVENIDO AL LABERINTO
DE LAS DOCE PUERTAS (FALSAS)**

—¿Por qué tenemos que entrar ahí? El señor Amigo nos ha dicho que no debemos ir al castillo —protestó Ekki después de leer el rótulo, que verdaderamente no invitaba a pasar.

—¿Cómo vamos a rescatar a Heuria, si no entramos? —replicó Wiktor.

Maddox expresó sus intrincados pensamientos en voz alta:

—Tal vez lo que quiso decirnos Amigo es que no hace falta que rescatemos a Heuria.

—Pues yo creo que ese gigantón no tiene ni idea. Habló de cinco Arcanus. ¿Se puede saber dónde veis vosotros a los otros dos? —replicó Wiktor.

Por primera vez, Maddox se atrevió a decir algo que llevaba días pensando:

—Tal vez el cuarto sea Heuria.

Wiktor soltó una carcajada.

—¡Heuria! ¿Una chica? ¡Menudo disparate!

También Ekki rió, como si aquello fuera muy divertido.

—A mí no me parece ningún disparate —continuó Maddox.

—¿No has oído lo que ha dicho Amigo, chaval? —le provocó Wiktor—. Hay que leer para curarse la enfermedad de la ignorancia. ¿Había mujeres entre los caballeros del rey Arturo? ¿O entre los doce apóstoles? ¿Tú crees que Ptolomeo tenía consejeras? ¡A ver si te informas!

—Bien, pues entonces estamos como al principio —se rindió Maddox—. Ya me diréis qué debemos hacer.

—Yo quiero irme a casa —dijo Ekki.

Pero Wiktor se opuso: se cruzó de brazos y separó las piernas, como si fuera un policía evitando un asalto.

—¡Yo no pienso irme de aquí sin Heuria! —dijo, muy seguro de sus palabras—. ¡Yo la metí en este lío y yo la voy a sacar!

—¡Tú no la metiste en este lío! —le contradijo Maddox—. ¡Fueron los hermanos Falcones!

De pronto, un grito resonó en mitad de la calma e interrumpió la animada discusión:

—¡Eeeeehhhh!

Los tres reconocieron al instante la voz de Heuria. Y los tres pensaron lo mismo: que no había sonado muy lejos. Estaban en lo cierto, y la confirmación llegó en seguida. Con gran decisión se dirigieron hacia la entrada del laberinto, pero en ese instante se tropezaron con la maga, que salía a todo correr.

—¡Venid, tenemos que entrar en el castillo, de prisa!

Y echó a correr de nuevo a toda velocidad hacia el interior del laberinto. Lo que más les sorprendió no fue lo de prisa que se movía por aquellos pasillos llenos de curvas imprevistas, sino la seguridad con que acertaba el camino, sin equivocarse ni una sola vez. Recorrieron el laberinto sin detenerse a tomar aliento. Delante iba Heuria, seguida por Maddox y Wiktor. En último lugar, como ya comenzaba a ser habitual, iba Ekki, resoplando como un toro joven. Alcanzaron el otro lado en un tiempo récord.

«Qué bien —se dijo Maddox—, así podremos descansar un poco.» Pero de pronto miró al frente y

vio una imponente escalinata que arrancaba allí mismo, en la otra puerta del laberinto, y llegaba hasta el puente levadizo de entrada al castillo.

—¿Tenemos que subir por ahí? —preguntó Maddox, desolado.

—Pues claro —contestó Heuria, comenzando a ascender.

Esta vez no contó los escalones, ya que se cansó de hacerlo cuando llevaba cuatrocientos. ¡Y aún faltaba un buen tramo! Maddox no podía ni con su alma, y no dejaba de preguntarse cómo la joven maga podía estar tan en forma.

Antes de llegar arriba, la chica tomó un camino que se desviaba a la derecha, sobre una de las almenas.

—¿No entramos por el puente?

—¿Tú eres idiota? ¿Crees que nos dejarían entrar así como así? Además, es imposible: los monjes utilizan un sistema de contraseña que aún no he descifrado. Iremos por otro lado.

La chica caminó unos diez pasos y se agachó para asomarse a través de una reja.

—¿Estás bien? —preguntó a alguien que estaba abajo—. He traído refuerzos.

Escucharon una vocecilla que venía de una de las mazmorras:

—Estoy bien —respondió quienquiera que estuviera abajo.

—En seguida estaremos ahí —anunció la chica y, volviéndose hacia Maddox y Wiktor, preguntó—: ¿Dónde está Ekki?

No se habían dado cuenta de que el pequeño no iba con ellos.

—¡Iré a buscarlo! —dijo Maddox.

En ese momento, se oyó de nuevo la vocecilla que hablaba desde la mazmorra:

—Hay fuego en el pasillo, Heuria. Date prisa.

—Tenemos que liberarle, vamos. Luego buscaremos a Ekki.

Entraron trepando por un árbol; había crecido tanto que sus ramas llevaban directamente a una de las despensas del castillo. Desde allí, caminaron a lo largo de un pasillo hasta alcanzar un montacargas por el que bajaron hasta la entrada principal; después atravesaron un vestíbulo, bajaron dos tramos de escaleras, recorrieron otros dos pasillos y tropezaron con el incendio del que les había hablado la voz de la mazmorra. Las llamas comenzaban a llegar a la puerta de hierro tras la que estaba el prisionero. Ésta debía de medir, por lo menos, tres metros de alto, y su cerradura estaba en la parte de arriba.

—Tengo la llave —les dijo Heuria, mostrándosela—, pero no alcanzo la cerradura. Necesito que me aupéis.

Los dos chicos se apresuraron a ayudar a su amiga. Formaron una especie de estribo uniendo sus manos y la chica se subió a él con mucha pericia.

—¿No hay nadie aquí? Todo esto es muy raro —murmuró Maddox, mientras el calor de las llamas se aproximaba—. Por favor, Heuria, date prisa.

—Hago lo que puedo...

La joven maga resoplaba por el esfuerzo. Tuvo que agarrarse a un saliente de la piedra y trepar un poco por la puerta para lograr introducir la llave en la cerradura, lo que no fue nada fácil. Lo demás, en

cambio, fue pan comido. La puerta se deslizó sobre un riel lateral y les permitió abrir una rendija por la que entrar en la mazmorra.

El prisionero era un muchacho de diez años, como mucho. Tenía el pelo muy largo y lo llevaba sujeto en una coleta. Su piel era oscura, aceitunada, y lucía entre las cejas un lunar oscuro que parecía pintado. Estaba sentado en un rincón de aquel horrible lugar, sobre un colchón que se veía muy viejo, además de muy sucio.

—Os presento a Lure —dijo Heuria—. Es un chico muy especial.

Como las llamas avanzaban a gran velocidad, pensaron que sería mejor dejar las presentaciones para más tarde. Salieron de la mazmorra y trataron de recorrer el camino de vuelta, pero se tropezaron con una desagradable sorpresa: el fuego les había cortado el paso, por lo que no tuvieron más remedio que improvisar. Fue Lure quien indicó una posible salida:

—Por allí —dijo, señalando una escalerilla sujeta a una pared.

Era la segunda de las mismas características que recorrían ese día. Como había ocurrido en casa del gigantón, ésta también les condujo hasta una trampilla.

«Que no esté cerrada con llave, por favor», deseó Maddox, al ver el final del estrecho túnel vertical.

No lo estaba. Heuria, que iba delante, empujó con suavidad la trampilla y ésta cedió. Por sus exclamaciones, adivinaron que habían llegado a un lugar interesante.

—¡Qué pasada! ¡Esto es alucinante! —exclamaba la chica, con voz de estar viendo algo que merecía mucho la pena.

Muy pronto, todos le dieron la razón. Habían llegado a una enorme biblioteca; no un lugar atiborrado y caótico como la casa de Amigo, sino más bien todo lo contrario: era una sala impresionante, con unas lujosas estanterías de madera repletas de libros de lomos dorados, casi todos ellos muy antiguos. En la parte de arriba había otro piso, donde los estantes y los volúmenes se multiplicaban.

—¡Aquí es donde deben de estar los Libros de la Sabiduría Arcánica! —dijo Wiktor.

—Pero el castillo está ardiendo. No podemos detenernos a buscarlos.

—¡Tenemos que intentarlo! ¡Es nuestra misión! ¿Recuerdas? Hemos de recuperarlos y llevarlos a la Biblioteca Sumergida.

Wiktor empezó a buscar desordenadamente, y comenzó por los anaqueles que le quedaban más cerca. Maddox le ayudó, aunque no estaba muy seguro de que aquello fuera buena idea. Lure se quedó un momento pensativo, sin saber qué debía hacer.

—Exactamente, ¿qué estamos buscando? —preguntó el nuevo.

—Libros grandes de piel marrón con una estrella de doce puntas grabada en la cubierta. Se llaman...

—*Libros de la Sabiduría Arcánica*, ya os he oído —dijo Lure.

Sólo Heuria no hizo lo mismo que sus amigos. Se detuvo en mitad de la estancia, miró a los lados, arriba y abajo, y sus ojos se detuvieron en un punto concreto del piso superior. Se dirigió a todo correr hacia allí. Y habría llegado en seguida si en ese mismo instante no hubieran aparecido por la puerta cuatro monjes negros con cara de muy pocos amigos.

—¡Mirad en los archivos! —dijo Heuria, mientras pataleaba contra ellos—. ¡Están arriba!

Lure subió por otra de las escaleras, pero dos de los monjes salieron de la sala a toda prisa. No era difícil suponer que iban en busca de refuerzos. Mientras, los otros dos agarraron a Heuria con todas sus fuerzas y empezaron a gesticular entre ellos.

Wiktor aprovechó ese momento para acercarse a ellos muy despacio, mirándoles muy fijamente. Si eran tan tontos como había dicho Amigo, no tardarían en sucumbir al poder magnético de su mirada.

—Miradme, amiguitos. Miradme fijamente a los ojos... —susurraba, acercándose más y más.

—¿Qué debo buscar? —gritó Lure desde arriba.

—Por orden alfabét... —Uno de los monjes tapó la boca de Heuria.

Maddox subió para ayudar a Lure en su búsqueda. Se escuchaban pasos apresurados que venían del pasillo: los monjes negros se acercaban con los refuerzos. Wiktor no iba a poder hipnotizarlos a todos, lo que significaba que debían darse prisa.

—Miradme a los ojos, amigos... eso es. Así, muy quietecitos... —susurraba Wiktor—. Ahora, tú, quita la mano de su boca. Bien, muy bien...

—Busca la C de César, la B de Babel, o la S de Sabiduría —indicó Heuria.

—Cuando cuente hasta tres, te quedarás profundamente dormido —susurraba Wiktor, mirando alternativamente a los ojos de los dos monjes—. Uno... dos...

—¡No, no, no! —gritó Heuria, liberándose por fin—. ¡Busca la A! ¡La A de Arcanus!

La chica acababa de tener una idea acerca del posible paradero de los libros, como si una extraña iluminación la hubiera guiado. En realidad, no se trataba de una revelación, sino que era su inteligencia portentosa la que le permitía llegar a deducciones acertadas. Miró el número de las estanterías, y buscó el 12. Era lógico.

Lure y Maddox iban de un archivo a otro, como locos. Los pasos ya resonaban junto a la puerta.

—¡Y tres! ¡Duerme!

Los dos monjes se desplomaron en el suelo, profundamente dormidos.

—¡Aquí está! —leyó Maddox—: «Arcánica, los Libros de la Sabiduría».

—¡Bien, bien! ¿En qué estante?

—Sección doce. Estante doce.

Heuria había llegado primero. Tenía dos gruesos libros en la mano: el VIII y el X.

—¡Vamos! —gritó, justo en el momento en que el picaporte de la puerta comenzaba a moverse—. ¡Por la ventana!

Estaba segura de que los monjes no les seguirían si elegían ese camino. Tanto como lo estaba de que no les iba a ocurrir nada: se había fijado en los mullidos setos que crecían en aquella parte del jardín y sabía que bastarían para amortiguar su caída. Y como solía ocurrir, Heuria no se equivocó.

—Agarraos de las manos. ¡No podemos perdernos! —ordenó Heuria.

Con las manos entrelazadas, echaron a correr en dirección al laberinto tan rápido como sus piernas se lo permitieron. Heuria, que iba delante y tenía una mano libre, llevaba los dos libros. Los demás tenían bastante con llevarse a sí mismos. Atravesaron el arco sobre el que se leía la misma leyenda que habían visto antes y se encontraron dentro de aquel entramado de curvas absurdas y pasillos sin salida. Heuria se dio cuenta entonces de algo extraño, algo que no cuadraba. Aquél no era el camino que habían recorrido al llegar: se habían equivocado. Cuando se dio cuenta del error, la joven maga dio una nueva orden:

—¡Hay que dar media vue...!

Fue demasiado tarde. La tierra, de pronto, cedió bajo sus pies. Sintieron cómo caían al vacío y daban con sus huesos en el suelo. Estaban en un hueco que alguien había cavado en la tierra. Era una trampa;

una trampa para osos. Sobre sus cabezas, el castillo ardía por los cuatro costados. Y a lo lejos, se oía avanzar un ejército de pasos. No podían ser otros que los monjes negros.

11
El cinco es a veces un número invisible

—¿Y ahora qué? —preguntó Maddox, frotándose las nalgas doloridas a causa de la caída.

—Ahora... nada. Los monjes negros nos atraparán y Mahgul se saldrá con la suya —dijo Wiktor.

Heuria no se daba por vencida.

—Tenemos que pensar algo. ¡Aupadme, he de salir!

—Está demasiado alto, Heuria, no vas a poder hacerlo.

Maddox estaba en lo cierto: la trampa era demasiado profunda, por lo que no les quedaba otro remedio que esperar. Aunque pedirle a aquella chica que se resignara era demasiado.

—¿No puedes hipnotizarlos? —le preguntó a Wiktor.

—Estoy demasiado lejos. Necesito mirarles a los ojos desde cerca.

—¿Y acaso tú no sabes hacer nada? —increpó a Maddox.

—Yo puedo leer las estrellas, pero en estas circunstancias me temo que no nos servirá de mucho.

—¿Y tú? ¿Cuál es tu don, Lure?

El niño se sintió un poco incómodo con la pregunta. Se ruborizó, bajó la mirada y dijo:

—Tampoco te serviría de nada.

—Nada, no hay nada que hacer... —Heuria dio una patada a la pared y se metió las manos en los bolsillos.

—Sí podemos hacer algo. Puedo aprovechar este momento para que me perdones —le dijo Wiktor—. Todo el mundo dice que cuando disgustas a alguien, no puedes dejar que anochezca sin hacer las paces...

—Ya ha anochecido, Wiktor. Y no te perdonaré aunque pasen mil años —replicó Heuria, todavía iracunda.

Estaban tan enfrascados en sus discusiones que no se dieron cuenta de que los monjes negros ya deberían haber llegado.

—¿No os parece raro tanto silencio? —preguntó Maddox—. No se escuchan los pasos de hace un momento.

Todos se dieron cuenta de que aquel silencio era

sospechoso y aguzaron el oído. Ya no se oían pasos: era como si los monjes negros se hubieran marchado o hubieran cambiado de opinión. Lo que sí se distinguía con toda claridad era la enorme columna de humo que salía del castillo.

En ese momento, algo cayó de arriba. Era una cuerda, y poco después, escucharon la voz de Ekki que decía:

—¡Agarraos y subid!

¡Nunca se habían alegrado tanto de ver al pequeñajo! Cuando miraron mejor la cuerda que acababa de lanzarles, descubrieron algo que les admiró: estaba formada por varios de los cinturones que utilizaban los monjes negros para sujetarse las túnicas. ¿Era posible que su amigo, el más pequeño del grupo, hubiera podido él solo con aquel ejército de monjes?

Sólo había una forma de saberlo: subir a la superficie. Treparon en un orden muy civilizado. El primero fue Lure, que también era el que más débil estaba de los cuatro y el que se encontraba más cansado, después de pasar tanto tiempo en la mazmorra del castillo de Mahgul. Luego le tocó el turno a Wiktor, que subió llevando consigo uno de los libros. Le siguió Maddox, y la última en hacerlo fue

Heuria, después de asegurarse de que no olvidaban nada dentro del agujero.

Una vez arriba, a todos les sorprendió el espectáculo que encontraron: la entrada al laberinto estaba regada de cuerpos de monjes negros —ninguno de ellos con cinturón—. Parecían muertos, pero sólo estaban dormidos. Ekki les mostró, muy orgulloso, el instrumento del que se había valido para conseguirlo: una cerbatana, igual a la que habían visto en manos del gigantón que dijo llamarse Amigo.

—¿De dónde la has sacado, Ekki? —preguntó Maddox.

Ekki les mostró el libro que les había regalado el desconocido, *El vampiro energético: uso y disfrute*. Lo abrió ante sus ojos asombrados y les mostró el interior: dentro no tenía páginas, sino sólo un hueco, parecido al de una caja. En ese espacio estaba la cerbatana y una cantidad de dardos suficiente para enfrentarse a un ejército.

—Como me dejasteis solo en el laberinto y me aburría, pensé que lo mejor sería leer un poco —explicó—. Ah, por cierto. También he descubierto el sistema que utiliza Heuria para encontrar el camino. ¡Has dejado un reguero de tinta negra!

—¿De dónde has sacado la tinta? —preguntó Wiktor, intrigado.

Pero Heuria no contestó. Se notaba que no tenía la menor intención de explicarles ninguno de sus secretos.

Decidieron volver a casa, y como no había otro método a mano, recurrieron al autoestop. Salieron a la carretera más cercana, que no era ni mucho menos concurrida, y se hicieron ver mostrando el dedo pulgar.

—Al primero que pare, le hipnotizo y le pido que nos lleve a Berlín —dijo Wiktor.

—Prometiste que no volverías a recurrir a la hipnosis en tu propio beneficio —protestó Maddox.

—No es en el mío, sino en el de él —dijo, señalando a Lure—. ¿O no te das cuenta de lo débil que está?

Wiktor tenía razón. Después del esfuerzo, Lure casi no se tenía en pie. Sin embargo, no le hizo falta romper su promesa para ayudarle, porque, por una casualidad o no, el conductor que paró era un antiguo conocido: ni más ni menos que el gigantón de la noche pasada. Sólo que ahora no conducía el destartalado todoterreno, sino un elegante monovolumen de siete plazas último modelo.

—¡Señor Amigo! —gritó Ekki, loco de contento de volver a verle.

—Estamos buscando alguien que nos lleve a... —explicó Maddox.

—Sé adónde vais —le interrumpió Amigo— y estoy dispuesto a llevaros. Aunque quiero algo a cambio.

Los cinco le miraron con desconfianza.

—Ya os dije que os ayudaba a cambio de un precio, ¿verdad?

Maddox y Wiktor asintieron con la cabeza. Heuria entrecerró los ojos: el tal Amigo no le gustaba nada. Lure estaba demasiado cansado para opinar.

—Mi precio son esos dos libros —contestó.

—¿Los libros de la Sabiduría Arcánica? Pero usted dijo que era nuestra misión, que debíamos conseguirlos y luego...

—Sé lo que dije. Pero sin libros no hay trato.

Lure ya se había acomodado en el asiento trasero del espacioso coche de Amigo, había reclinado la cabeza hacia atrás y tenía los ojos cerrados. Hubiera sido terrible para él hacerle salir de nuevo del coche. Necesitaba un médico, y con urgencia.

Heuria irrumpió en la conversación, a pesar de no haber sido invitada previamente:

—¿A qué esperáis, chicos? Entrad en el coche. Y poneos cómodos —dijo.

Cogió los dos libros y los dejó junto al asiento del conductor.

—Aquí tiene los malditos libros —continuó—. Espero que le aprovechen. A cambio, deme su palabra de que nos dejará en la puerta, exactamente en la puerta del Gran Circo Alfa. Si no, no aceptamos el trato.

—Lo prometo —contestó Amigo, que parecía divertirse mucho.

Heuria fue la última en subir.

—Poneos el cinturón —ordenó la niña a todo el equipo, mostrando dotes de líder del grupo.

Todos la obedecieron de inmediato. ¡Y quién podía no hacerlo!

—Usted también, Amigo —ordenó al conductor.

El gigantón se abrochó su cinturón de seguridad con rapidez.

—Sólo faltaría que ahora nos detuvieran los de tráfico y tuviéramos que perder más tiempo, ¡después del día que hemos tenido! —refunfuñó Heuria, mientras el coche arrancaba.

Ya se encontraban atravesando las montañas cuando Amigo preguntó:

—¿Puedo saber cuándo descubriste tu don para la magia, Heuria?

A la chica no le gustaba Amigo, pero le encantaba que le hicieran preguntas sobre sí misma. Por eso dudó un poco, pero finalmente contestó:

—Mi madre me dio a luz en la pista de un circo. Ella era una maga estupenda, y también mi abuela, mi bisabuela y mi tatarabuela... En fin, ¡todas las mujeres de mi familia lo han sido! Mamá siempre me contaba que a los tres minutos de vida me escabullí de un lío que había formado mi cordón umbilical alrededor de mi cuello, aunque yo siempre creí que exageraba porque me quería mucho. En realidad, debuté en el circo a los cuatro años, con mi primer número de escapismo. Pero yo no lo llamaría exactamente magia... es más bien... talento. Tengo un talento innato para escaparme de cualquier parte. Además de una inteligencia muy superior a la media, por si no lo ha notado.

Amigo cabeceaba, asintiendo.

—¿A los cuatro años? Realmente prodigioso... —dijo, tan bajito que ninguno de los ocupantes del vehículo pudo escucharle.

»Wiktor, Maddox —llamó la atención de los pasajeros que viajaban en la última fila de asientos—,

¿habéis descubierto ya quiénes son los otros dos Arcanus, o todavía seguís pensando?

Aunque parezca mentira, hasta ese momento no habían reparado en cuántos eran los que viajaban en aquel vehículo rumbo a casa.

Sin contar a Amigo, eran cinco. Ni más, ni menos.

12
El juego de las preguntas y las respuestas

Imaginemos que cada uno de los ocupantes del coche tuviera la oportunidad de formular una pregunta para aclarar los misterios de esta historia.

Una por cabeza, según las reglas que había establecido el señor Amigo la noche en que Maddox, Wiktor y Ekki estuvieron en su casa.

Seguro que sus preguntas coincidirían con las de muchos otros. Las vuestras, por ejemplo.

¿Hacemos la prueba?

Había un asunto que desvelaba a Maddox. Mientras regresaba al circo en el coche del misterioso Amigo, no podía apartarlo de su cabeza. No se atrevió a formular la pregunta en ese momento, aunque sólo unos días después terminó por encontrar la respuesta. La cuestión que el chico no podía alejar de su mente era: «¿Cómo había llegado el *XI Libro de la Sabiduría Arcánica* a manos de Ari de Hameln?».

Fue el propio mago quien se lo explicó a los tres amigos cuando acudieron a visitarle para interesarse por su salud. Ya se encontraba mucho mejor. Su corazón le había dado un pequeño susto, pero no era nada que la compañía de su hija y un poco de tranquilidad no pudieran curar.

—En las últimas semanas he estado muy preocupado —les explicó—, porque los hermanos Falcones, los dueños del Circo Universal, me amenazaban constantemente con llevarse a Heuria si yo no regresaba a su circo en seguida. Cuando mi hija desapareció, pensé que le habían hecho daño por mi culpa, y fue horrible. Pero —el mago carraspeó y bebió un sorbo de agua—, pero vosotros queríais saber cómo llegó a mi poder ese viejo librote. Veréis... Ese libro era de mi mujer, que también era maga. De hecho, ella era en realidad la maga, y yo tan sólo era su ayudante. Nos conocimos en el Circo Maravillas, que por aquel entonces era famoso en Alemania y en toda Europa. ¡Era una ilusionista portentosa! Se le daba todo bien: la magia con cartas, con monedas, con animales... Era capaz de transformar una varita mágica en una paloma sin que nadie notara el truco, y también era muy buena escapista. La magia era su vida, había nacido para ello.

»Tal vez Heuria ya os haya contado (porque le gusta mucho hablar de ello), que su madre la tuvo en la pista central del Circo Maravillas, durante una actuación. Por nada del mundo mi esposa faltaba a una función, de modo que aquel día el truco fue doble: ¡Llegó Heuria! Nació con el cuello estrangulado por el cordón umbilical, ¡menudo susto nos dio! Su madre solía decir que ése fue su primer número de escapismo. Pero la verdad es que mi hija debutó más tarde, a los cuatro años...

»Uy, es verdad, no me miréis así. Ya me doy cuenta de que me he vuelto a ir por las ramas. ¡El libro, el libro! Bien, pues ésta es la historia del libro: mi mujer siempre dijo que se lo había dado su madre y que a su madre, a su vez, se lo había entregado su abuela, y a su abuela, su bisabuela. De modo que deberíais preguntárselo a la tatarabuela de Heuria, porque ella es la única que podría deciros dónde consiguió el librote. Aunque va a ser difícil, porque la pobrecita murió hará unos... dejadme calcular... unos... ¡cuarenta y seis años y medio, ni más ni menos! No... La verdad es que no creo que pueda seros de gran ayuda. ¡A menos que encontréis un modo de convocar a su fantasma!

Y el mago Ari de Hameln se echó a reír.

La segunda pregunta podría haberla formulado Wiktor, pero la policía se le adelantó: «¿Por qué Heuria trabajó en el Circo Universal de los hermanos Falcones a escondidas de su padre?».

Ya ha quedado claro que Ari de Hameln deseaba, como todos los padres, lo mejor para su hija. Por eso no quería ni pensar en que alguien le hiciera ni un rasguño. Cuando los hermanos Falcones, aquellos empresarios sin escrúpulos del Universal, le dijeron que le quitarían a Heuria si no regresaban con ellos, se quedó muy preocupado. Lo que no pensó fue que los hermanos también estaban chantajeando a Heuria, quien sucumbió a sus amenazas por miedo a que le ocurriera algo a su padre. La propia Heuria se lo explicó todo a la policía, cuando le preguntaron:

—Me dijeron que si no actuaba durante unos días en el Universal, mi padre lo pagaría muy caro. Me prometieron que sólo serían unos días, hasta que recuperaran la deuda que habían contraído desde que nos marchamos. El circo, me dijeron, no funcionaba bien sin nosotros. Me asusté mucho... Pensé que lo más fácil sería hacerles caso, actuar una semana y luego volver a casa y explicárselo todo a mi padre. Creí que así nos dejarían en paz. Nunca pensé que papá enfermaría.

—Pero... —dijo el comisario, revisando las notas que había ido tomando en una libretita— hay algo que no comprendo. Si tú eras la ayudante del número de tu padre... ¿Cómo es posible que los hermanos Falcones te quisieran a ti sola?

—Bueeeeenoooo... —Heuria se rascó la coronilla, mientras intentaba encontrar un modo fácil de explicar lo más difícil—. En realidad, yo soy algo más que la ayudante de mi padre. Mi madre me enseñó el don de la magia, y papá era su ayudante... Pero cuando yo comencé a actuar con él me dijo que aún era muy pequeña para que todo el peso del espectáculo recayera sobre mí, por lo que debía fingir que era su ayudante.

—¿Que debías fingir? —preguntó el policía.
—Sí.
—¿Eso significa que la maga eres tú?
Heuria bajó los ojos.
—Pss.... Psí. Sí.
—¿Y el gran Ari de Hameln es sólo tu ayudante?
—Sí. ¡Pero es un muy buen ayudante!
El policía soltó una carcajada.
—¿Podrías demostrármelo?

Heuria miró a su alrededor. Estaban en un bar y en la mesa, frente a ellos, había un vaso de agua que el comisario estaba bebiendo. La niña lo agarró con las dos manos, lo miró fijamente, se concentró... y el agua se volvió negra y espesa. Se había transformado en tinta.

—¡Es asombroso! —exclamó el comisario, boquiabierto.

Heuria desvió la mirada, sus mejillas se pusieron coloradas y respiró hondo. Estaba un poco cansada, como siempre que se concentraba para utilizar sus dones. Acertó a decir:

—Las transformaciones me salen bastante bien.

Y tienen una base científica que podría explicarle, comisario, pero no quiero aburrirle. Ésta del agua y la tinta es de las más sencillas. No hace mucho, la utilicé para escapar de un laberinto...

—Y los hermanos Falcones conocían tu secreto —concluyó el hombre.

—Claro. Me conocen desde que nací. Ellos eran los acomodadores del Circo Maravillas, y también conocían a mamá.

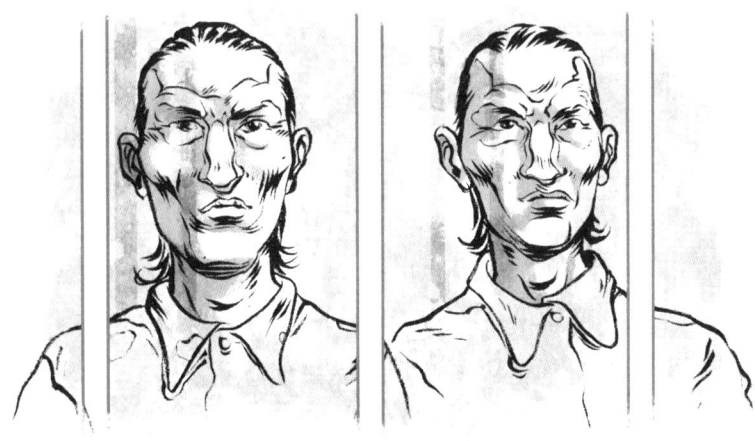

—Por fin consigo atar cabos. Los acomodadores, ¿has dicho?

—Así es. Pero eran muy ambiciosos.

El comisario calló mientras anotaba algo.

—¿Qué les va a pasar ahora? —preguntó la niña.

—Los juzgarán por chantaje, estafa, secuestro y no sé cuántas cosas más. No creo que puedan volver al circo en una buena temporada. O tendrán que venderlo para pagar a los abogados.

Heuria calló. Se le ocurrían muchas cosas que decir, pero no dijo ninguna.

Si a Ekki le hubieran permitido formular una sola pregunta, no habría dudado ni un momento en cuál debía ser: «¿Qué misterio escondía el dragón del parque de Tiergarten?».

Después de ver cómo un dragón de piedra revivía al contacto de la mano de Heuria, el pobre Ekki estaba hecho un lío. Procuraba no pensar en ello, pero casi todas las noches tenía pesadillas con aquel dragón. Soñaba que cobraba vida e iba a por él, con más hambre que siete búfalos. Debía de hablar en sueños, porque una de esas noches despertó a Minerva, que descansaba justo al lado del dormitorio de los más pequeños —donde ahora también se había instalado Lure— y les asistía por las noches, si tenían algún problema o se encontraban mal.

Minerva se sentó al borde de la cama de Ekki:

—¿De qué te estás defendiendo? —le preguntó.

Ekki se preguntó cómo podía saber la maestra lo que estaba soñando.

—Estabas gritando, cariño —Minerva le pasó la mano por la frente—, decías «no me comas. Sólo eres una lagartija». ¿Qué lagartija quería comerte? ¿Me lo vas a explicar?

No le quedó otro remedio que decírselo, aunque le hizo prometer que no se lo iba a contar a nadie.

—Hay una persona a quien voy a tener que explicárselo, Ekki —dijo la maestra.

El pequeño la escuchó mientras aguantaba la respiración.

—A Heuria —dijo Minerva—. Me temo que sólo ella puede hacer que se te pasen esos miedos.

La maestra sabía que ésa era una buena solución, pero antes de buscar el antídoto a los miedos de Ekki, tuvo una charla con la joven maga. Fue entonces cuando Heuria le aclaró la inexplicable relación que la unía con el dragón del parque. Tenía que ver, como pronto supo, con su madre.

—Nunca le he contado esto a nadie, ni siquiera a papá —le dijo a su maestra—, así que va a ser un poco raro.

Habían terminado las clases y el aula estaba en penumbra. Era un ambiente idóneo para las confesiones.

—Mamá solía llevarme a pasear al Tiergarten. Íbamos solas, ella y yo, mientras papá trabajaba. Por aquel entonces, papá tenía otro empleo, en un banco, porque el circo no daba para mantenernos. Nosotras le esperábamos en el parque, jugando. Un día, mamá me dijo: «Te voy a enseñar algo que sólo las mujeres de nuestra familia somos capaces de hacer». Miró a nuestro alrededor: el parque estaba lleno de estatuas preciosas. Me dijo: «Elige una». Escogí el dragón. Me encantaba su piel de piedra rugosa, que imitaba las escamas, y también su color. Estaba pintado de rojo intenso, y era precioso. «Muy bien. Has elegido al dragón. Desde hoy, será tuyo y tendrás que cuidarlo. Las estatuas están hambrientas cuando dejan de serlo. Pero también son muy leales, ya lo verás. Tu dragón te querrá siempre, será tu amigo más incondicional. Incluso cuando yo ya no esté.» Creo que, en aquel momento, mi madre ya sabía que estaba muy enferma y que iba a morir. Cuando estaba a punto de echarme a llorar, ella se acercó a mi dragón y lo tocó con la palma de la mano. En sólo unos segundos, la estatua cobró vida. Empezó a menear la cola y a sacar la lengua. Parecía un perrito y era muy cariñoso. Y, como había dicho mi madre, tenía un hambre voraz.

Desde entonces, pasamos muchas mañanas en el parque, jugando con mi dragón. Cuando alguien se acercaba, mamá le tocaba de nuevo y el dragón volvía a convertirse en una estatua. Aunque a veces, incluso cuando estaba petrificado, parecía vivo y contento. Luego murió mamá y comencé a trabajar en el circo. Y cuando me sentía muy sola, que era casi siempre, me iba a ver a mi dragón del Tiergarten.

Minerva le apretó la mano a Heuria y se dio cuenta de que tenía los ojos inundados de lágrimas. La niña, en cambio, retiró la mano y se enjugó los ojos.

—Estoy bien —dijo—. Ya lo tengo superado.

—Me alegro de que sea así —dijo Minerva, admirada ante la fortaleza de Heuria—. ¿Te importaría ayudarme ahora a que Ekki supere sus pesadillas? ¿Sería mucho trabajo para ti llevarle a visitar a tu dragón para que pierda el miedo?

La niña no tuvo ni que pensarlo:

—Claro que no —dijo—, pero quiero dejar clara una cosa.

—¿Cuál?

—No soporto a los chicos. Siempre que te hacen un favor quieren algo a cambio.

—Entonces, ¿por qué lo haces? —preguntó Minerva.

—Porque... Porque Ekki, técnicamente, aún no es un chico.

La pregunta que Heuria tenía en la cabeza era para sí misma: «¿Acabarían convenciéndose sus amigos de que ella formaba parte del grupo de elegidos para salvar el mundo?». Si la hubiera formulado, habría utilizado un tono burlón y tal vez por eso no lo hizo. Prefirió observar lo que ocurría en los días siguientes.

He aquí una cuestión difícil, que aún habría de generar muchos y encendidos debates a su regreso al Circo Alfa. El primero en verlo claro fue Maddox, aunque no tuvo mucha suerte a la hora de convencer al incrédulo Wiktor:

—No sólo es una Arcanus, sino que es la líder. ¡Descubrió su don a los cuatro años, cuando debutó en el circo con su padre! Eso la convierte en el Arcanus que ha descubierto su habilidad a una edad más temprana y, según las normas, le corresponde ser la líder.

—¿Esa mandona, la líder? —se horrorizó Wiktor—. ¡Pues estamos apañados! ¡Si ella es la líder, yo no quiero ser un Arcanus!

—Lo que ocurre es que te mueres de envidia. Es

más lista que todos nosotros. Eso suponiendo que no estés enamorado de ella —le dijo Maddox.

—¿Enamorado? ¿Yo? ¿De Heuria? ¡Ja! ¡Qué chiste más gracioso! ¡Más bien es ella la que parece sentir debilidad por mí!

—¿Ella? ¡Qué va! Sólo tiene ojos para Lure. Creo que le gusta. Y mucho —dijo Maddox.

—¿Lure? ¿El debilucho ese? ¡No me lo puedo creer! ¿De verdad le gusta? ¿Te lo ha dicho ella?

En fin... Dejaremos la conversación aquí, porque el resto son meras repeticiones de lo mismo. Ya se sabe: un chico enamorado, una chica que no le hace caso, un amigo a quien también le gusta la misma chica...

Y si os estáis preguntando cómo pudo saber Heuria todo esto, la respuesta es muy sencilla: porque entre sus habilidades, también se contaba la de espiar las conversaciones de los demás.

Lure cerró los ojos nada más subir al coche de Amigo, pero incluso así se dio cuenta de que Heuria parecía estar muy enfadada con Wiktor, el más alto. Si hubiera podido formular una pregunta, habría sido ésta: «¿Cuál era el motivo del odio de Heuria hacia Wiktor y cuál, por difícil que fuera, sería la solución?»

Como ya conocemos la respuesta a la primera parte de este interrogante, pasaremos directamente a la segunda parte.

La conversación que viene ahora ocurrió en la sala de estudio un martes antes de cenar. Fue ése el momento escogido por Wiktor para hacerse el encontradizo con Heuria, a pesar de que llevaba espiándola toda la tarde y había esperado el mejor momento para hablar con ella. Es decir, cuando no hubiera nadie a su alrededor que pudiera fastidiar sus planes.

—¿Puedo hablar un momento contigo? —le preguntó.

—Estoy estudiando —dijo ella, con voz de pocos amigos.

—Será poco rato —le dijo—. Sólo quería decirte que echo de menos tus clases particulares.

—¡Ya! ¡Seguro! —contestó ella, sarcástica.

—De verdad. Estaba haciendo muchos progresos. Eres una buena profesora.

—No puedo decir lo mismo de ti, como alumno —soltó ella, sólo para fastidiarle.

Wiktor creyó que había llegado el momento de hablar con total claridad. Heuria le importaba demasiado como para no hacerlo, aunque nunca lo reconocería delante de sus amigos.

—Mira, comprendo que estés enfadada conmigo —le dijo—. Aunque no lo creas, aquello de la llave y las cuerdas lo hice para que volvieras con nosotros, porque me dio mucha rabia verte actuar en el Circo Universal, y además, haciéndote pasar por otra.

Heuria suspiró, aunque Wiktor no supo si se debía al aburrimiento o a que comenzaba a ablandarse.

—Sólo quiero que sepas que en ningún momento quise dejarte en ridículo ni hacerte pasar aquella vergüenza tan espantosa. Lo único que quería era que todo saliera mal y te echaran del Universal, para que regresaras. Lo siento mucho, de verdad.

Heuria no pronunció palabra, lo cual, en ella, ya era una buena señal.

—Necesito que me creas. Y si puede ser, que me perdones —añadió Wiktor.

Después de otro suspiro, más largo que el anterior, Heuria dijo:

—Está bien. Te creo. Para perdonarte necesito que me digas una cosa.

El chico esperó, lleno de curiosidad.

—Quiero que reconozcas que soy una de los vuestros. Porque es evidente que lo soy, y además la mejor. Y tú lo sabes.

Wiktor arrugó la nariz. Aquello no le iba a gustar.

—Es que es raro pensar que una chica pueda ser una Arcanus —argumentó.

—¿Por qué? —replicó Heuria—. Quizá siempre hubo chicas Arcanus, pero tuvieron que hacerse pasar por hombres para que las respetaran. O tuvieron que esconderse para que gente como tú no arrugara la nariz, como estás haciendo ahora.

Wiktor desarrugó la nariz.

—Tal vez los apóstoles eran «apóstolas», ¿no lo habías pensado? Y entre los caballeros del rey Arturo, podría haber alguna «caballera». ¿O no? Habría sido mucho más divertido.

—Eso sí... —reconoció Wiktor.

—¿Tanto te cuesta decirlo?

—Es... es que... ¡Es que no soporto a las chicas! —dijo Wiktor, por fin.

—Ah, qué bien, entonces estamos en paz. Porque... ¡yo no soporto a los chicos!

Y estrecharon las manos para sellar un pacto que quedaría entre ellos.

Aunque está claro que no nos bastan estas respuestas para resolver todos, absolutamente todos, los enigmas de esta historia. Wiktor, sin ir más lejos, siguió escuchando ruidos raros en las piscinas cada vez que bajaba de noche al sótano a dar de comer a su hipogrifo. Y todavía tardó un poco en averiguar quién o qué los producía.

El señor Amigo desapareció de las vidas de los cinco —por lo menos, de momento— nada más dejarles en la puerta del circo. Y se llevó los dos Libros de la Sabiduría Arcánica. No tardaremos en saber para qué los utilizó ni dónde los guardó.

Lure fue atendido en la enfermería del circo durante varias semanas. Tenía anemia, agotamiento, una gripe mal curada y un poco de gastroenteritis. Nada que mucho reposo, algunos cuidados y grandes dosis de buen humor no pudieran resolver. Y lo que le ocurrió después, una vez recuperado, lo sabremos a su debido tiempo.

Aunque, la verdad, no hay que preocuparse demasiado porque queden algunos pequeños interrogantes abiertos. ¿Qué sería de la vida, y de la historias si siempre lo tuviéramos todo, absolutamente todo, claro?

ENIGMAS ARCÁNICOS

El secreto de la contraseña

Cuando estaban a punto de entrar en el castillo de Mahgul, Heuria les dijo a sus amigos que aún no había logrado descifrar el sistema de contraseñas utilizado por los monjes, que rompían su pacto de silencio para ello. Veamos qué dificultades encontró la mejor maga del mundo.

Cuando el primer monje llegó a la puerta del castillo, el vigía de la torre, desde lo alto de la almena, gritó: «¡Dieciocho!». Y el monje alzó nueve dedos. Al momento, le dejaron pasar.

Llegó un segundo monje, y esta vez, el vigía gritó: «¡Ocho!». Y el monje alzó cuatro dedos. Y también pudo pasar.

Entonces vio salir a alguien de entre los arbustos. Al parecer, ella no era la única que estaba atenta a los movimientos de la puerta ni a la contraseña. El vigía dijo al desconocido que se acercaba: «¡Seis!». El otro alzó tres dedos.

Heuria pensó que ella habría dicho lo mismo. Por eso, su sorpresa fue mayúscula cuando una nube de flechas cayó sobre el recién llegado.

¿Cuál fue el error? ¿Qué debería haber contestado el hombre? ¿Cuál era el secreto de la contraseña?

Solución (utiliza un espejo para leerla)

Heuria y el espía que estaba escondido tras los arbustos pensaron, erróneamente, que las contraseñas consistían en decirle al vigilante el número que acababan de escuchar dividido por dos.
En realidad, la clave era el número de letras de la palabra pronunciada por el vigía. Es decir, que en el caso de la contraseña errónea, cuando el vigilante dijo «Seis», el hombre debería haber contestado «cuatro».

¡Consigue la gorra de Arcanus!

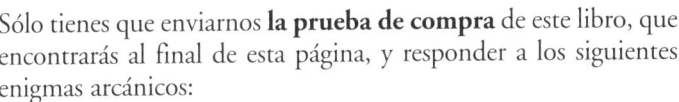

Ahora, tú puedes ser uno de los elegidos para lucir **la auténtica gorra de Arcanus.**

Sólo tienes que enviarnos **la prueba de compra** de este libro, que encontrarás al final de esta página, y responder a los siguientes enigmas arcánicos:

1 - ¿Con qué practica Maddox malabarismos en los campamentos?
2 - ¿Quién escribe una carta a Wiktor ofreciendo su ayuda para encontrar a su hipogrifo?

Te daremos una pista: encontrarás todas las soluciones en los dos primeros libros de la colección Arcanus.

Envíanos tu respuesta a EDITORIAL PLANETA, Área Infantil y Juvenil, Departamento de Marketing (ARCANUS). Avda. Diagonal, 662-664, 6ª planta, 08034 Barcelona. Indícanos tu nombre, dirección completa, teléfono, e-mail y fecha de nacimiento. Incluye también el nombre y firma de tu padre, madre o tutor.

Promoción válida para las 900 primeras cartas recibidas.

¿A qué estás esperando?

Los datos que nos proporciones serán incorporados a nuestros ficheros con el fin de poder ofrecerte información sobre nuestras publicaciones y ofertas comerciales. Puedes acceder a tus datos, cancelarlos o rectificarlos en caso de ser erróneos, dirigiéndote por carta a EDITORIAL PLANETA, Área Infantil y Juvenil, Departamento de Marketing. Avda. Diagonal, 662-664, 6ª planta, 08034 Barcelona.

PRUEBA DE COMPRA. HEURIA.

CARE SANTOS

1. Maddox descubre el camino

2. Wiktor hipnotiza a las fieras

3. Ekki domina las tinieblas

4. Heuria provoca tempestades

5. Lure transmite energía

6. Nebbit lee el pensamiento

7. Aika está en todas partes

8. Nel habla con los espíritus

9. Shaima encuentra tesoros

10. Ula mueve el mundo

11. Luka habla con los animales

12. Nix y Xin ven el futuro